MACHADO de ASSIS

Relíquias de Casa Velha
– Contos

**Orientação pedagógica e notas de leitura:
Douglas Tufano**

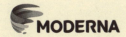

DIREÇÃO EDITORIAL	Maristela Petrili de Almeida Leite
COORDENAÇÃO DE EDIÇÃO DE TEXTO	Marília Mendes
EDIÇÃO DE TEXTO	Ana Caroline Eden
COORDENAÇÃO DE EDIÇÃO DE ARTE	Camila Fiorenza
CAPA	Bruna Assis Brasil
FOTOS UTILIZADAS NA MONTAGEM DA CAPA	© powerofforever/Getty Images; © ilbusca/Getty Images
DIAGRAMAÇÃO	Michele Figueredo
COORDENAÇÃO DE REVISÃO	Thaís Totino Richter
REVISÃO	Nair Hitomi Kayo
COORDENAÇÃO DE *BUREAU*	Everton L. de Oliveira
COORDENAÇÃO DE PESQUISA ICONOGRÁFICA	Luciano Baneza Gabarron
PESQUISA ICONOGRÁFICA	Mariana Zanato
TRATAMENTO DE IMAGENS	Luiz Carlos Costa
PRÉ-IMPRESSÃO	Ricardo Rodrigues, Vitória Sousa
COORDENAÇÃO DE PRODUÇÃO INDUSTRIAL	Wendell Jim C. Monteiro
IMPRESSÃO E ACABAMENTO	NB Impressos
LOTE	780025
COD	120005048

Os contos desta antologia foram retirados de:
http://www.dominiopublico.gov.br/download/texto/bn000107.pdf
http://machado.mec.gov.br/

Dados Internacionais de Catalogação na Publicação (CIP)
(Câmara Brasileira do Livro, SP, Brasil)

Assis, Machado de, 1839 - 1908.
  Relíquias de casa velha : contos / Machado de Assis ; orientação pedagógica e notas de leitura Douglas Tufano. – São Paulo : Santillana Educação, 2023. – (Travessias)

ISBN 978-85-527-2719-4

1. Contos brasileiros I. Tufano, Douglas. II. Título. III. Série.

23-161708   CDD-B869.3

Índices para catálogo sistemático:

1. Contos: Literatura brasileira B869.3

Eliane de Freitas – Bibliotecária – CRB 8/8415

Reprodução proibida. Art.184 do Código Penal e Lei 9.610 de 19 de fevereiro de 1998.

Todos os direitos reservados

EDITORA MODERNA LTDA.
Rua Padre Adelino, 758 - Quarta Parada
São Paulo - SP - Brasil - CEP 03303-904
Vendas e Atendimento: Tel. (11) 2790-1300
www.moderna.com.br
2023

SUMÁRIO

Livros antigos para um público jovem, 6

Machado de Assis: vida e obra, 7

Relíquias de Casa Velha, 27

    1. Pai contra mãe, 31

    2. Maria Cora, 43

    3. Marcha fúnebre, 64

    4. Um capitão de voluntários, 72

    5. Suje-se gordo!, 86

    6. Umas férias, 91

    7. Evolução, 99

    8. Pílades e Orestes, 106

    9. Anedota do *Cabriolet*, 117

Relíquias de Casa Velha: comentários sobre a obra, 125

Conversando sobre a obra, 126

LIVROS ANTIGOS PARA UM PÚBLICO JOVEM

Para o público de hoje, a leitura de um romance do século XIX pode parecer uma tarefa pouco prazerosa. Além da dificuldade para compreender o sentido de muitas palavras e expressões de épocas passadas, da estranheza de certas construções sintáticas pouco usuais atualmente, há nessas obras uma sensibilidade artística bem diferente da nossa, valores morais que privilegiam outros comportamentos. Mas não será possível ao leitor contemporâneo entender essas obras e até mesmo extrair delas o prazer da leitura?

A Editora Moderna apostou no "sim" e investiu numa edição diferenciada dos clássicos. A exemplo do que já é feito em outros países, em que uma mesma obra é editada com diferentes níveis de informação, os clássicos da coleção Travessias apresentam um minucioso trabalho de comentários à margem do texto integral.

O leitor iniciante tem muito a ganhar com essa leitura sinalizada, em que informações históricas, notas explicativas de vocabulário e características literárias da obra em questão são apresentadas de forma concisa e acessível pelo professor Douglas Tufano, reconhecido autor de livros didáticos na área de língua portuguesa e literatura.

A nossa intenção principal é aproximar passado e presente, levando o leitor a descobrir nos enredos dos livros antigos as mesmas emoções humanas que nos empolgam hoje.

MACHADO DE ASSIS: VIDA E OBRA

Nasce o menino Joaquim Maria

Foi no dia 21 de junho de 1839 que nasceu o menino Joaquim Maria Machado de Assis, no morro do Livramento, na cidade do Rio de Janeiro.

Do alto desse morro, tinha-se uma bela vista da baía da Guanabara, que encantava todos aqueles que chegavam à cidade. Mas os pais do garoto Joaquim Maria não tinham muito tempo para apreciar a paisagem: com uma vida difícil, eles precisavam trabalhar bastante.

Sua mãe chamava-se Maria Leopoldina Machado de Assis. Ela era uma emigrante portuguesa, natural do arquipélago dos Açores, e tinha vindo para o Brasil ainda menina. O pai era um pintor de casas carioca chamado Francisco José de Assis. O bisavô de Joaquim Maria tinha sido escravo liberto, mas o avô e o pai eram homens livres.

O menino cresceu num lar em que os pais eram alfabetizados, o que não era muito comum naquela época. E foi com eles, provavelmente, que aprendeu a ler e a escrever e recebeu estímulo para continuar a estudar por conta própria, pois até hoje não há registro de que ele tenha frequentado regularmente alguma escola.

A família morava numa casa modesta na chácara do Livramento e era protegida pela dona da propriedade, uma senhora rica chamada Maria José de Mendonça Barroso, que foi madrinha de Joaquim Maria.

Em 1840, nasceu sua irmã, a menina Maria, que, no entanto, morreu aos cinco anos, em 1845, vítima de sarampo – que, na época, matava muita gente no Brasil, adultos e crianças. Nesse mesmo ano, aliás, sua madrinha Maria José também contraiu a doença e faleceu.

MACHADO DE ASSIS AOS 25 ANOS.

MORRO DO LIVRAMENTO, ONDE MACHADO DE ASSIS NASCEU.

Joaquim Maria perde a mãe e enfrenta a cidade

No dia 18 de janeiro de 1849, a mãe de Joaquim Maria morreu, vítima de tuberculose. Tinha 36 anos de idade. Sozinho com o pai, aquele deve ter sido um ano difícil para o menino de apenas 10 anos. Mudaram-se para São Cristóvão, e o garoto frequentemente pegava a barca que ligava o bairro ao centro da cidade. Durante o percurso, aproveitava para ler.

Em 1854, seu pai casou-se com Maria Inês da Silva. Ela era doceira, e Joaquim Maria passou a ajudá-la a vender doces para os alunos de um colégio rico de São Cristóvão. Mas isso durou pouco. Nesse mesmo período, Joaquim Maria, com quinze anos, resolveu sair do subúrbio e morar na cidade. Precisava ganhar a vida sozinho. Sabia ler e escrever, era inteligente e esperto. Gostava de estudar. E tinha muita força de vontade.

O gosto pela literatura

Atraído pela literatura, Joaquim Maria logo começou a frequentar redações de jornal, pois era lá que se reuniam os escritores da época. Antes de lançar seus romances em livros, os autores quase sempre os publicavam nos jornais. As histórias, chamadas folhetins, saíam em capítulos que eram seguidos com interesse pelo pequeno público leitor. O autor que fizesse sucesso juntava os capítulos e editava um livro. Assim surgiram muitas obras famosas da literatura brasileira, como O *guarani*, de José de Alencar.

Joaquim Maria começou a colaborar na imprensa e logo em janeiro de 1855, quando ainda não tinha completado dezesseis anos, viu publicada uma de suas poesias na *Marmota Brasileira*, um jornal de variedades e literatura muito lido pelas famílias cariocas. O dono desse periódico era Francisco de Paula Brito e em sua casa funcionava uma tipografia e uma livraria. O jovem Joaquim Maria deve ter trabalhado lá como tipógrafo e vendedor. E deve também ter participado das reuniões de escritores e políticos que se encontravam frequentemente no local. Assim, aos poucos, ele foi se integrando a esse ambiente intelectual estimulante, muito diferente da pacata vida do subúrbio que deixara para trás. Conheceu pessoas da classe alta, começou a comparecer a festas e reuniões sociais, aproveitando para declamar seus próprios poemas e fazer-se conhecido.

Em busca de mais cultura, Joaquim Maria começou a frequentar o Gabinete Português de Leitura, uma biblioteca pública que possuía um bom acervo, pois já em 1850 colocava à disposição dos leitores cerca de dezesseis mil obras. Sabia também que, se quisesse se aprofundar nos estudos literários, teria que conhecer outras línguas, por isso, estudava inglês e francês.

Teatro: a grande diversão carioca

A grande atração das noites cariocas era o teatro. Havia vários espetáculos na época, que começaram a atrair a atenção de Joaquim Maria.

O público apreciava muito as óperas italianas, e as cantoras líricas arrebatavam os jovens espectadores, que se uniam em verdadeiras torcidas a favor desta ou daquela atriz, chegando inclusive a se colocar no lugar dos cavalos da carruagem para transportar suas preferidas. O jovem Joaquim Maria também participou dessas manifestações de fanatismo, sendo um grande fã de Augusta Candiani (Milão, 1820 – Rio de Janeiro, 1890), uma das mais populares cantoras líricas da época.

Como o seu interesse por esse tipo de espetáculo cresceu, ele logo se animou a escrever peças teatrais, ao lado das poesias que já começavam a tornar seu nome conhecido. Dedicou-se a escrever crítica de teatro na imprensa e aos poucos iniciou-se como cronista e contista.

Nasce o escritor Machado de Assis

Poeta, contista, autor de peças teatrais, cronista, crítico – o jovem Joaquim Maria firmava-se como um intelectual participativo da vida cultural carioca e começava a ser conhecido como Machado de Assis.

Participou ativamente da imprensa da época, escrevendo crônicas durante muitos anos em diversos jornais e revistas, comentando tudo o que acontecia de importante ou curioso na cidade e no Brasil, revelando-se um atento observador da vida social e política, capaz de críticas agudas, mas sempre feitas em tom educado. Aliás, ele mesmo, certa vez, afirmou que suas crônicas eram como gatos: acariciavam arranhando.

Carolina: o grande amor de sua vida

A vida profissional de Machado de Assis ia bem, embora trabalhasse muito e ainda ganhasse pouco. Tinha muitos amigos influentes e, em março de 1867, recebeu do imperador o título de Cavaleiro da Ordem da Rosa. Ainda nesse mesmo ano, em 8 de abril, foi nomeado ajudante do diretor do *Diário Oficial*. Era um cargo modesto, com ordenado também moderado. Mas, de qualquer forma, era o início de uma carreira no funcionalismo público, que poderia trazer-lhe estabilidade financeira.

Mas, enquanto na vida profissional as coisas caminhavam bem, na pessoal ele sentia falta de um grande amor. Até que isso finalmente aconteceu graças a uma portuguesa bonita, culta e prendada chamada Carolina, que tinha vindo ao Rio de Janeiro para ajudar a cuidar do irmão doente, Faustino Xavier de Novais, que era amigo de Machado de Assis.

Carolina Augusta Xavier de Novais era natural da cidade do Porto, em Portugal, onde nascera em 20 de fevereiro de 1835. Era, portanto, quatro anos e quatro meses mais velha que Machado de Assis. E era branca, o que parece ter provocado uma certa resistência da família dela em consentir no casamento, pois Machado era mulato, e isso ainda pesava muito em 1868. Mas o amor que havia entre eles era muito forte e, depois da morte do irmão de Carolina, eles se casaram, no dia 12 de novembro de 1869.

Foi um casamento feliz, que consolidou o amor que sentiam. Carolina foi um apoio fundamental para Machado, que passou a dedicar-se mais a seus próprios livros.

Quanto à saúde de Machado, comenta-se que ele teria sido gago e epiléptico. Segundo alguns estudiosos, se ele sofria de gagueira, não deve ter sido uma coisa grave, pois há inúmeros testemunhos de que ele mesmo declamava suas poesias e lia textos em reuniões sociais sem nenhum problema. Quanto à epilepsia, segundo o depoimento de uma amiga de Carolina, citado pelo historiador Jean-Michel Massa, esta lhe confidenciara que "o marido sentia aquelas coisas esquisitas desde a infância". Embora não tenhamos depoimentos definitivos acerca desse problema, parece que realmente Machado de Assis, com o tempo, sofria ataques epilépticos cada vez mais constantes.

O JOVEM MACHADO.

CAROLINA AUGUSTA.

Como viver da literatura?

Havia muito amor entre o casal, mas pouco dinheiro, e Machado passou por várias dificuldades com os preparativos do casamento e o início da vida a dois, pois as despesas aumentaram.

No campo literário, ele era bem conhecido, escrevia contos e já tinha publicado um livro de poesias — *Crisálidas* —, mas não recebia um bom salário fixo que pudesse garantir-lhe uma sobrevivência tranquila, porque, como acontece com a maioria dos escritores ainda hoje, ninguém conseguia viver apenas da literatura...

E como viver da literatura no século XIX, com tão poucos leitores?

Numa crônica de 15 de agosto de 1876, Machado de Assis escreveu: "A nação não sabe ler. Há só 30% dos indivíduos residentes neste país que podem ler; desses, uns 9% não leem letra de mão. 70% jazem em profunda ignorância". E comentando as consequências políticas desse analfabetismo, afirmou: "70% dos cidadãos votam do mesmo modo que respiram: sem saber por que nem o quê. Votam como vão à festa da Penha — por divertimento. A Constituição é para eles uma coisa inteiramente desconhecida. Estão prontos para tudo: uma revolução ou um golpe de Estado".

Isso explica por que as tiragens dos romances eram, em média, muito baixas, não passando de mil exemplares, limitando ainda mais a difusão da literatura.

Em 1887, outro escritor da época, Artur Azevedo, disse numa crônica: "Pode-se afirmar, sem receio de exageração, que o grosso do nosso público, em coisas de literatura, só lê e só conhece o folhetim-romance e as seções alegres das folhas diárias, mas que não excedem uma coluna".

Essa era a situação enfrentada pelos escritores brasileiros no final do século XIX.

O funcionário público e o escritor

Em 1873, Machado de Assis ganhou uma promoção: foi nomeado 1º oficial de Secretaria do Estado do Ministério da Agricultura, Comércio e Obras Públicas. Em 1888, foi agraciado pelo imperador com o título de oficial da Ordem da Rosa. Em 1889, passou a diretor da Diretoria do Comércio e, em 1892, foi designado diretor-geral da Viação. Sua carreira como funcionário público ia muito bem.

À medida que se estabilizava na vida profissional, Machado dedicava-se cada vez mais à literatura, lendo, estudando e escrevendo, sempre com o apoio de Carolina. De tempos em tempos, reunia em livro os contos que continuava escrevendo em jornais e revistas, mas também dedicava-se regularmente à produção de romances. Os quatro primeiros foram publicados sempre com um intervalo de dois anos: *Ressurreição* (1872), *A mão e a luva* (1874), *Helena* (1876) e *Iaiá Garcia* (1878).

PRÉDIO DO MINISTÉRIO DA INDÚSTRIA, VIAÇÃO E OBRAS PÚBLICAS, ONDE MACHADO TRABALHOU.

Em 1878, Machado ficou muito doente e, a conselho médico, foi passar uma temporada na vizinha cidade de Friburgo. Estava proibido de ler e escrever, mas não de pensar... E tinha Carolina, que o ajudava, anotando o que ele ditava.

Em 1881, publicou o livro que marcaria a literatura brasileira: *Memórias póstumas de Brás Cubas*. Essa obra revelou a maturidade de Machado de Assis como escritor. Mais tarde, lançou *Quincas Borba* (1891), *Dom Casmurro* (1899), *Esaú e Jacó* (1904) e *Memorial de Aires* (1908).

Um escritor que olha além das aparências

"Eu gosto de catar o mínimo e o escondido. Onde ninguém mete o nariz, aí entra o meu, com a curiosidade estreita e aguda que descobre o encoberto."

Essa afirmação de Machado de Assis pode servir como resumo de sua característica principal: o gosto em investigar o que move realmente o comportamento das pessoas, em revelar as intenções secretas dos atos humanos. Essa profunda análise do mundo interior do ser humano é a marca típica da literatura machadiana. E essa análise psicológica feita por Machado de Assis é quase sempre marcada pela ironia, que é um meio de provocar o leitor e fazê-lo pensar naquilo que o texto sugere ou insinua.

A Academia Brasileira de Letras

No dia 15 de dezembro de 1896, realizava-se a primeira sessão da Academia Brasileira de Letras, uma iniciativa de um grupo de jovens escritores do Rio de Janeiro. Machado de Assis foi aclamado presidente. Era a consagração de seu nome, o reconhecimento público e oficial de que era o maior nome das letras brasileiras.

A Academia Brasileira de Letras seguia de perto o modelo da famosa Academia Francesa, fundada em 1635. Cada membro era titular de uma cadeira, batizada com o nome de um escritor falecido. Na morte de um membro, realizava-se uma eleição para a escolha de seu sucessor. Esse procedimento é adotado até hoje.

Na sessão inaugural, tomaram posse os quarenta fundadores, tendo cada um escolhido seu patrono. Machado de Assis ocupava a cadeira número 23 e seu patrono era um escritor por quem ele tinha muita admiração — José de Alencar.

Chega o novo século!

No final do século XIX, vários fatos importantes mudaram a vida social brasileira. Em 13 de maio de 1888, a Lei Áurea decretou o fim da escravidão, depois de muita pressão dos grupos abolicionistas. Em 15 de novembro de 1889, caiu a monarquia e proclamou-se a república, marcando o início de uma nova fase na história do Brasil.

Machado de Assis assistiu a tudo isso com seus olhos críticos. E participou também da chegada do século XX, com novidades científicas e tecnológicas que transformavam rapidamente a face do mundo e o dia a dia das pessoas. Quanta diferença com relação ao mundo que viu quando criança!

CAPA DE RESSURREIÇÃO.

MACHADO AOS 40 ANOS.

MACHADO, NA 1ª FILA (2º À ESQUERDA), EM 1906.

GRUPO DE ESCRITORES E ARTISTAS QUE SE REUNIAM PARA FALAR SOBRE POLÍTICA E ARTE: RODOLFO AMOEDO, ARTUR AZEVEDO, INGLÊS DE SOUSA, OLAVO BILAC, JOSÉ VERÍSSIMO, SOUSA BANDEIRA, FILINTO DE ALMEIDA, GUIMARÃES PASSOS, VALENTIM MAGALHÃES, BERNARDELLI, RODRIGO OCTAVIO, HEITOR PEIXOTO; SENTADOS: JOÃO RIBEIRO, MACHADO, LÚCIO DE MENDONÇA E SILVA RAMOS.

Algumas novidades no fim do século 19 e início do 20:

NA ALEMANHA, KARL BENZ PRODUZIU COM SUCESSO O PRIMEIRO AUTOMÓVEL A GASOLINA EM 1885.

ANÚNCIO DA CÂMERA
FOTOGRÁFICA KODAK,
NOVIDADE DA ÉPOCA.

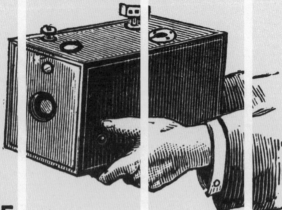

THE
KODAK

No previous knowledge of Photography necessary.

"YOU PRESS THE BUTTON, WE DO THE REST,"

(Unless you prefer to do the rest yourself)

AND THE PICTURE IS FINISHED.

Price from £1 6s.

EASTMAN PHOTOGRAPHIC MATERIALS CO. LD., 115-117, OXFORD-ST., LONDON, W.

SEND FOR PRETTY, ILLUSTRATED CATALOGUE, POST FREE.

EM 1888, O ESCOCÊS JOHN DUNLOP FABRICA O PRIMEIRO PNEU DE BICICLETA CHEIO DE AR.

O ITALIANO MARCONI REALIZOU AS PRIMEIRAS TRANSMISSÕES DO TELÉGRAFO SEM FIO EM 1902.

Aos 57 anos.

"Tudo me lembra a minha meiga Carolina"

Mas o novo século não começou bem para Machado de Assis.

O dia 20 de outubro de 1904 foi o mais triste de sua vida. Depois de 35 anos de casados, Carolina morreu. Sozinho em casa, Machado sentia-se perdido, mergulhado nas lembranças da "meiga Carolina", sua companheira na vida e grande estimuladora na carreira literária. Com o amigo Joaquim Nabuco, abriu o coração e desabafou:

"Foi-se a melhor parte da minha vida, e aqui estou só no mundo. Note que a solidão não me é enfadonha, antes me é grata, porque é um modo de viver com ela, ouvi-la, assistir aos mil cuidados que essa companheira de 35 anos de casados tinha comigo; mas não há imaginação que não acorde, e a vigília aumenta a falta da pessoa amada. Éramos velhos, e eu contava morrer antes dela, o que seria um grande favor; primeiro, porque não acharia ninguém que melhor me ajudasse a morrer; segundo, porque ela deixa alguns parentes que a consolariam das saudades, e eu não tenho nenhum. Os meus são os amigos, e verdadeiramente são os melhores, mas a vida os dispersa, no espaço, nas preocupações do espírito e na própria carreira que a cada um cabe. Aqui me fico, por ora na mesma casa, no mesmo aposento, com os mesmos adornos seus. Tudo me lembra a minha meiga Carolina. Como estou à beira do eterno aposento, não gastarei muito tempo em recordá-la. Irei vê-la, ela me esperará".

A morte de Machado de Assis

A saúde de Machado de Assis piorava. Aconteceu aquilo que ele previra na carta a Joaquim Nabuco: "Como estou à beira do eterno aposento, não gastarei muito tempo em recordá-la". Realmente, ele viveu apenas mais quatro anos, falecendo no dia 29 de setembro de 1908 aos 69 anos. Seu funeral foi um acontecimento notável na cidade. Um imenso cortejo formou-se até o cemitério São João Batista, onde ele foi enterrado ao lado de Carolina.

O Rio de Janeiro homenageava um filho famoso e querido. E o Brasil se despedia de um dos maiores escritores da sua história.

CASA DA RUA COSME VELHO, ONDE MACHADO E CAROLINA VIVERAM.

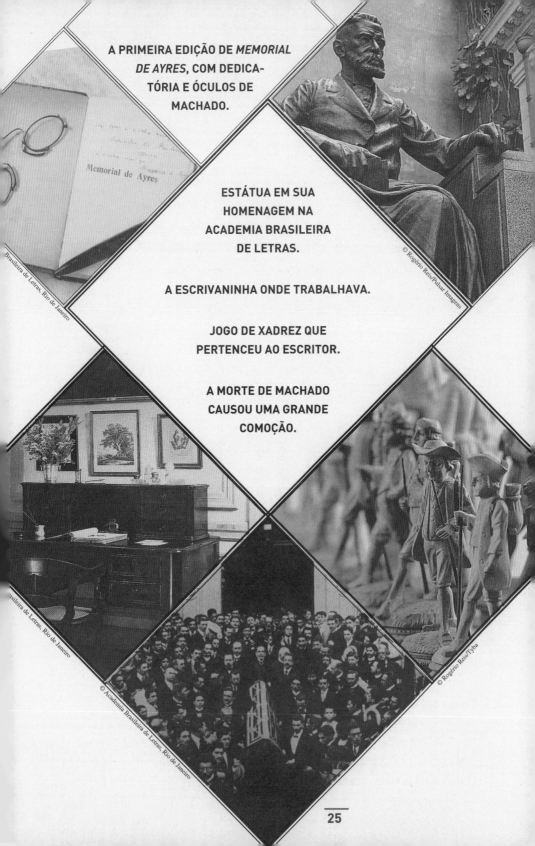

A PRIMEIRA EDIÇÃO DE *MEMORIAL DE AYRES*, COM DEDICATÓRIA E ÓCULOS DE MACHADO.

ESTÁTUA EM SUA HOMENAGEM NA ACADEMIA BRASILEIRA DE LETRAS.

A ESCRIVANINHA ONDE TRABALHAVA.

JOGO DE XADREZ QUE PERTENCEU AO ESCRITOR.

A MORTE DE MACHADO CAUSOU UMA GRANDE COMOÇÃO.

Nota dos editores:

Por se tratar de uma coletânea que reúne vários textos autônomos de Machado de Assis — e considerando que o leitor pode querer seguir uma ordem diferente da que está proposta —, optamos por repetir as notas de vocabulários e de esclarecimentos quando estas aparecem em mais de um dos contos deste livro.

RELÍQUIAS DE CASA VELHA

Advertência

Uma casa tem muita vez as suas relíquias, lembranças de um dia ou de outro, da tristeza que passou, da felicidade que se perdeu. Supõe que o dono pense em as arejar e expor para teu e meu desenfado. Nem todas serão interessantes, não raras serão aborrecidas, mas, se o dono tiver cuidado, pode extrair uma dúzia delas que mereçam sair cá fora.

Chama-lhe à minha vida uma casa, dá o nome de relíquias aos inéditos e impressos que aqui vão, ideias, histórias, críticas, diálogos e verás explicados o livro e o título. Possivelmente não terão a mesma suposta fortuna daquela dúzia de outras, nem todas valerão a pena de sair cá fora. Depende da tua impressão, leitor amigo, como dependerá de ti a absolvição da má escolha.*

Machado de Assis

1ª EDIÇÃO DO LIVRO RELÍQUIAS DE CASA VELHA

* Publicado em 1906, este livro era composto de 9 contos e alguns outros tipos de texto, como resenhas críticas, comentários e duas peças teatrais — *Não consultes médico* e *Lições de botânica*. Nesta edição, reproduzimos apenas os contos.

A CAROLINA

QUERIDA, AO PÉ DO LEITO DERRADEIRO
EM QUE REPOUSAS DESSA LONGA VIDA,
AQUI VENHO E VIREI, POBRE QUERIDA,
TRAZER-TE O CORAÇÃO DO COMPANHEIRO.

PULSA-LHE AQUELE AFETO VERDADEIRO
QUE, A DESPEITO DE TODA A HUMANA LIDA,
FEZ A NOSSA EXISTÊNCIA APETECIDA
E NUM RECANTO PÔS O MUNDO INTEIRO.

TRAGO-TE FLORES, — RESTOS ARRANCADOS
DA TERRA QUE NOS VIU UNIDOS
E ORA MORTOS NOS DEIXA E SEPARADOS.

QUE EU, SE TENHO NOS OLHOS MALFERIDOS
PENSAMENTOS DE VIDA FORMULADOS,
SÃO PENSAMENTOS IDOS E VIVIDOS.

PAI CONTRA MÃE

A escravidão levou consigo ofícios e aparelhos, como terá sucedido a outras instituições sociais. Não cito alguns aparelhos senão por se ligarem a certo ofício. Um deles era o ferro ao pescoço, outro o ferro ao pé; havia também a máscara de folha de flandres. A máscara fazia perder o vício da embriaguez aos escravos, por lhes tapar a boca. Tinha só três buracos, dois para ver, um para respirar, e era fechada atrás da cabeça por um cadeado. Com o vício de beber, perdiam a tentação de furtar, porque geralmente era dos vinténs do senhor que eles tiravam com que matar a sede, e aí ficavam dois pecados extintos, e a sobriedade e a honestidade certas. Era **grotesca** tal máscara, mas a ordem social e humana nem sempre se alcança sem o grotesco, e alguma vez o cruel*. Os funileiros as tinham penduradas, à venda, na porta das lojas. Mas não cuidemos de máscaras.

O ferro ao pescoço era aplicado aos escravos fujões. Imaginai uma coleira grossa, com a haste grossa também à direita ou à esquerda, até ao alto da cabeça e fechada atrás com chave. Pesava, naturalmente, mas era menos castigo que sinal. Escravo que fugia assim, onde quer que andasse, mostrava um reincidente, e com pouco era pegado.

Há meio século, os escravos fugiam com frequência. Eram muitos, e nem todos gostavam da escravidão. Sucedia ocasionalmente apanharem pancada, e nem todos gostavam de apanhar pancada**. Grande parte era apenas repreendida; havia alguém de casa que servia de padrinho, e o mesmo dono não era mau; além disso, o sentimento da propriedade moderava a ação, porque dinheiro também dói. A fuga repetia-se, entretanto. Casos houve, ainda que raros, em que o escravo de contrabando, apenas comprado no Valongo***,

Grotesca: **esquisita, ridícula.**

* **Observe o tom irônico desse comentário do narrador.**

** **A ironia se acentua, transformando-se em sarcasmo.**

*** **Referência à Rua do Valongo, onde havia vários locais de venda e compra de escravos.**

Ladinos: astutos, espertos.

Quitandando: muitos escravos andavam pelas ruas fazendo comércio ambulante de frutas, hortaliças, aves e peixes (quitandando); no fim do dia, deviam entregar ao seu senhor uma certa quantia. Em alguns casos, podia sobrar algum dinheiro para o escravo.

Trouxa: algumas peças de roupa.

Acoitasse: escondesse.

Desfastio: distração.

Achega: auxílio, rendimento adicional.

Caiporismo: azar, má sorte.

Caixeiro: balconista de comércio.

Armarinho: loja que vende tecidos e materiais de costur.

deitava a correr, sem conhecer as ruas da cidade. Dos que seguiam para casa, não raro, apenas **ladinos** pediam ao senhor que lhes marcasse aluguel, e iam ganhá-lo fora, **quitandando.**

Quem perdia um escravo por fuga dava algum dinheiro a quem lho levasse. Punha anúncio nas folhas públicas, com os sinais do fugido, o nome, a roupa, o defeito físico, se o tinha, o bairro por onde andava e a quantia de gratificação. Quando não vinha a quantia, vinha a promessa: "gratificar-se-á generosamente" — ou "receberá uma boa gratificação". Muita vez o anúncio trazia em cima ou ao lado uma vinheta, figura de preto, descalço, correndo, vara ao ombro, e na ponta uma **trouxa.** Protestava-se com todo o rigor da lei contra quem o **acoitasse.**

Ora, pegar escravos fugidos era um ofício do tempo. Não seria nobre, mas por ser instrumento da força com que se mantêm a lei e a propriedade, trazia essa outra nobreza implícita das ações reivindicadoras. Ninguém se metia em tal ofício por **desfastio** ou estudo; a pobreza, a necessidade de uma **achega**, a inaptidão para outros trabalhos, o acaso, e alguma vez o gosto de servir também, ainda que por outra via, davam o impulso ao homem que se sentia bastante rijo para pôr ordem à desordem.

Cândido Neves — em família, Candinho —, a pessoa a quem se liga a história de uma fuga, cedeu à pobreza, quando adquiriu o ofício de pegar escravos fugidos. Tinha um defeito grave esse homem, não aguentava emprego nem ofício, carecia de estabilidade; é o que ele chamava **caiporismo.** Começou por querer aprender tipografia, mas viu cedo que era preciso algum tempo para compor bem, e ainda assim talvez não ganhasse o bastante; foi o que ele disse a si mesmo. O comércio chamou-lhe a atenção, era carreira boa. Com algum esforço entrou de **caixeiro** para um **armarinho.** A obrigação, porém, de atender e servir a todos feria-o na corda do orgulho, e ao cabo de cinco ou seis semanas estava na rua por sua vontade. **Fiel** de cartório, contínuo de uma repartição anexa ao ministério do Império, carteiro e outros empregos foram deixados pouco depois de obtidos.

Quando veio a paixão da moça Clara, não tinha ele mais que dívidas, ainda que poucas, porque morava com um primo, entalhador de ofício. Depois de várias tentativas para obter emprego, resolveu adotar o ofício do primo, de que aliás já tomara algumas lições. Não lhe custou apanhar outras, mas querendo aprender depressa, aprendeu mal. Não fazia obras finas nem complicadas, apenas garras para sofás e relevos comuns para cadeiras. Queria ter em que trabalhar quando casasse, e o casamento não se demorou muito.

Contava trinta anos, Clara vinte e dois. Ela era órfã, morava com uma tia, Mônica, e cosia com ela. Não cosia tanto que não namorasse o seu pouco, mas os namorados apenas queriam matar o tempo; não tinham outro empenho. Passavam às tardes, olhavam muito para ela, ela para eles, até que a noite a fazia recolher para a costura. O que ela notava é que nenhum deles lhe deixava saudades nem lhe acendia desejos. Talvez soubesse o nome de muitos. Queria casar, naturalmente. Era, como lhe dizia a tia, um pescar de caniço, a ver se o peixe pegava, mas o peixe passava de longe; algum que parasse, era só para andar à roda da isca, mirá-la, cheirá-la, deixá-la e ir a outras.

O amor traz sobrescritos. Quando a moça viu Cândido Neves, sentiu que era esse o possível marido, o marido verdadeiro e único. O encontro deu-se em um baile; tal foi — para lembrar o primeiro ofício do namorado —, tal foi a página inicial daquele livro, que tinha de sair mal composto e pior **brochado.** O casamento fez-se onze meses depois, e foi a mais bela festa das relações dos noivos. Amigas de Clara, menos por amizade que por inveja, **tentaram arredá-la do passo que ia dar.** Não negavam a gentileza do noivo, nem o amor

Fiel: **empregado.**

Brochado: **encadernado.**

Tentaram arredá-la do passo que ia dar: **tentaram fazê-la desistir da decisão que tinha tomado.**

que lhe tinha, nem ainda algumas virtudes; diziam que era dado em demasia a **patuscadas**.

— Pois ainda bem — replicava a noiva —, ao menos, não caso com defunto.

— Não, defunto não; mas é que...

Não diziam o que era. Tia Mônica, depois do casamento, na casa pobre onde eles se foram abrigar, falou-lhes uma vez nos filhos possíveis. Eles queriam um, um só, embora viesse agravar a necessidade.

— Vocês, se tiverem um filho, morrem de fome — disse a tia à sobrinha.

— Nossa Senhora nos dará de comer — acudiu Clara.

Tia Mônica devia ter-lhes feito a advertência, ou ameaça, quando ele lhe foi pedir a mão da moça; mas também ela era amiga de patuscadas, e o casamento seria uma festa, como foi.

A alegria era comum aos três. O casal ria a propósito de tudo. Os mesmos nomes eram objeto de **trocados**, Clara, Neves, Cândido; não davam que comer, mas davam que rir, e o riso digeria-se sem esforço. Ela cosia agora mais, ele saía a empreitadas de uma coisa e outra; não tinha emprego certo.

Nem por isso abriam mão do filho. O filho é que, não sabendo daquele desejo específico, deixava-se estar escondido na eternidade. Um dia, porém, deu sinal de si a criança; varão ou fêmea, era o fruto abençoado que viria trazer ao casal a suspirada **ventura**. Tia Mônica ficou desorientada, Cândido e Clara riram dos seus sustos.

— Deus nos há de ajudar, titia — insistia a futura mãe.

A notícia correu de vizinha a vizinha. Não houve mais que espreitar a aurora do dia grande. A esposa trabalhava agora com mais vontade, e assim era preciso, uma vez que, além das costuras pagas, tinha de ir fazendo com retalhos o enxoval da criança. À força de pensar nela, vivia já com ela, media-lhe fraldas, cosia-

Patuscadas: farras, brincadeiras.

Trocado: trocadilho.

Ventura: felicidade.

-lhe camisas. A porção era escassa, os intervalos longos. Tia Mônica ajudava, é certo, ainda que de má vontade.

— Vocês verão a triste vida — suspirava ela.

— Mas as outras crianças não nascem também? — perguntou Clara.

— Nascem, e acham sempre alguma coisa certa que comer, ainda que pouco...

— Certa como?

— Certa, um emprego, um ofício, uma ocupação, mas em que é que o pai dessa infeliz criatura que aí vem gasta o tempo?

Cândido Neves, logo que soube daquela advertência, foi ter com a tia, não áspero, mas muito menos manso que de costume, e lhe perguntou se já algum dia deixara de comer.

— A senhora ainda não jejuou senão pela semana santa, e isso mesmo quando não quer jantar comigo. Nunca deixamos de ter o nosso bacalhau...

— Bem sei, mas somos três.

— Seremos quatro.

— Não é a mesma coisa.

— Que quer então que eu faça, além do que faço?

— Alguma coisa mais certa. Veja o marceneiro da esquina, o homem do armarinho, o tipógrafo que casou sábado, todos têm um emprego certo... Não fique zangado; não digo que você seja vadio, mas a ocupação que escolheu é vaga. Você passa semanas sem vintém.

— Sim, mas lá vem uma noite que compensa tudo, até de sobra. Deus não me abandona, e preto fugido sabe que comigo não brinca; quase nenhum resiste, muitos entregam-se logo.

Tinha glória nisso, falava da esperança como de capital seguro. Daí a pouco ria, e fazia rir à tia, que era naturalmente alegre, e previa uma patuscada no batizado.

Cândido Neves perdera já o ofício de entalhador, como abrira mão de outros muitos, melhores ou piores. Pegar escravos fugidos trouxe-lhe um encanto novo. Não obrigava a estar longas horas sentado. Só exigia força, olho vivo, paciência, coragem e um pedaço de corda. Cândido Neves lia os anúncios, copiava-os, metia-os no bolso e saía às pesquisas. Tinha boa memória. Fixados os sinais e os costumes de um escravo fugido, gastava pouco tempo em achá-lo, segurá-lo, amarrá-lo e levá-lo. A força era muita, a agilidade também. Mais de uma vez, a uma esquina, conversando de coisas remotas, via passar um escravo como os outros, e descobria logo que ia fugido, quem era, o nome, o dono, a casa deste e a gratificação; interrompia a conversa e ia atrás do vicioso. Não o apanhava logo, espreitava lugar **azado,** e de um salto tinha a gratificação nas mãos. Nem sempre saía sem sangue, as unhas e os dentes do outro trabalhavam, mas geralmente ele os vencia sem o menor arranhão.

Um dia os lucros entraram a escassear. Os escravos fugidos não vinham já, como dantes, meter-se nas mãos de Cândido Neves. Havia mãos novas e hábeis. Como o negócio crescesse, mais de um desempregado pegou em si e numa corda, foi aos jornais, copiou anúncios e deitou-se à caçada. No próprio bairro havia mais de um competidor. Quer dizer que as dívidas de Cândido Neves começaram de subir, sem aqueles pagamentos prontos ou quase prontos dos primeiros tempos. A vida fez-se difícil e dura. Comia-se fiado e mal; comia-se tarde. **O senhorio mandava pelos aluguéis.**

Clara não tinha sequer tempo de remendar a roupa ao marido, tanta era a necessidade de coser para fora. Tia Mônica ajudava a sobrinha, naturalmente. Quando ele chegava à tarde, via-se-lhe pela cara que não trazia vintém. Jantava e saía outra vez, à cata de algum fugido. Já lhe sucedia, ainda que raro, enganar-se de pessoa, e pegar um escravo fiel que ia a serviço de seu senhor; tal era a cegueira da necessidade. Certa vez capturou um preto livre; desfez-se em desculpas, mas recebeu grande soma de murros que lhe deram os parentes do homem.

— É o que lhe faltava! — exclamou a tia Mônica, ao vê-lo entrar, e depois de ouvir narrar o equívoco e suas consequências. — Deixe-se disso, Candinho; procure outra vida, outro emprego.

Cândido quisera efetivamente fazer outra coisa, não pela razão do conselho, mas por simples gosto de trocar de ofício; seria um modo de mudar de pele ou de pessoa. O pior é que não achava à mão negócio que aprendesse depressa.

A natureza ia andando, o feto crescia, até fazer-se pesado à mãe, antes de nascer. Chegou o oitavo

---

Azado: oportuno.

O senhorio mandava pelos aluguéis: o dono vinha cobrar os aluguéis.

mês, mês de angústias e necessidades, menos ainda que o ̇nono, cuja narração dispenso também. Melhor é dizer somente os seus efeitos. Não podiam ser mais amargos.

— Não, tia Mônica! — bradou Candinho, recusando um conselho que me custa escrever, quanto mais ao pai ouvi-lo. — Isso nunca!

Foi na última semana do derradeiro mês que a tia Mônica deu ao casal o conselho de levar a criança que nascesse à **roda dos enjeitados.** Em verdade, não podia haver palavra mais dura de tolerar a dois jovens pais que espreitavam a criança, para beijá-la, guardá-la, vê-la rir, crescer, engordar, pular... Enjeitar quê? Enjeitar como? Candinho arregalou os olhos para a tia, e acabou dando um murro na mesa de jantar. A mesa, que era velha e desconjuntada, esteve quase a se desfazer inteiramente. Clara interveio.

— Titia não fala por mal, Candinho.

— Por mal? — replicou tia Mônica. — Por mal ou por bem, seja que for, digo que é o melhor que vocês podem fazer. Vocês devem tudo; a carne e o feijão vão faltando. Se não aparecer algum dinheiro, como é que a família há de aumentar? E, depois, há tempo; mais tarde, quando o senhor tiver a vida mais segura, os filhos que vierem serão recebidos com o mesmo cuidado que esse ou maior. Esse será bem criado, sem lhe faltar nada. Pois então a roda é alguma praia ou **monturo**? Lá não se mata ninguém, ninguém morre à toa, enquanto que aqui é certo morrer, se viver à míngua. Enfim...

Tia Mônica terminou a frase com um gesto de ombros, deu as costas e foi meter-se na alcova. Tinha já insinuado aquela solução, mas era a primeira vez que o fazia com tal franqueza e calor — crueldade, se preferes. Clara estendeu a mão ao marido, como a ampararlhe o ânimo; Cândido Neves fez uma careta, e chamou maluca à tia, em voz baixa. A ternura dos dois foi interrompida por alguém que batia à porta da rua.

— Quem é? — perguntou o marido.

— Sou eu.

> Roda dos enjeitados: espécie de caixa giratória colocada nas portarias de conventos, asilos e orfanatos, onde se deixavam as crianças rejeitadas pelos pais; o mesmo que roda dos expostos.
>
> Monturo: monte de lixo.

Era o dono da casa, credor de três meses de aluguel, que vinha em pessoa ameaçar o inquilino. Este quis que ele entrasse.

— Não é preciso...

— Faça o favor...

O credor entrou e recusou sentar-se; deitou os olhos à mobília para ver se daria algo à penhora; achou que pouco. Vinha receber os aluguéis vencidos, não podia esperar mais; se dentro de cinco dias não fosse pago, pô-lo-ia na rua. Não havia trabalhado para **regalo** dos outros. Ao vê-lo, ninguém diria que era proprietário; mas a palavra supria o que faltava ao gesto, e o pobre Cândido Neves preferiu calar a **retorquir.** Fez uma inclinação de promessa e súplica ao mesmo tempo. O dono da casa não cedeu mais.

— Cinco dias ou rua! — repetiu, metendo a mão no ferrolho da porta e saindo.

Candinho saiu por outro lado. Nesses lances, não chegava nunca ao desespero, contava com algum empréstimo, não sabia como nem onde, mas contava. Demais, recorreu aos anúncios. Achou vários, alguns já velhos, mas em vão os buscava desde muito. Gastou algumas horas sem proveito, e tornou para casa. Ao fim de quatro dias, não achou recursos; lançou mão de empenhos, foi a pessoas amigas do proprietário, não alcançando mais que a ordem de mudança.

A situação era aguda. Não achavam casa, nem contavam com pessoa que lhes emprestasse alguma; era ir para a rua. Não contavam com a tia. Tia Mônica teve arte de **alcançar** aposento para os três em casa de uma senhora velha e rica, que lhe prometeu emprestar os quartos baixos da casa, ao fundo da cocheira, para os lados de um pátio. Teve ainda a arte maior de não dizer nada aos dois, para que Cândido Neves, no desespero da crise, começasse por enjeitar o filho e acabasse alcançando algum meio seguro e regular de obter dinheiro; emendar a vida, em suma. Ouvia as queixas de Clara, sem as repetir, é certo, mas sem as consolar. No dia em que fossem obrigados a deixar a casa, fá-los-ia

Regalo: prazer, satisfação.

Retorquir: responder, replicar.

Alcançar: conseguir, arranjar.

espantar com a notícia do obséquio e iriam dormir melhor do que cuidassem.

Assim sucedeu. Postos fora de casa, passaram ao aposento de favor, e dois dias depois nasceu a criança. A alegria do pai foi enorme, e a tristeza também. Tia Mônica insistiu em dar a criança à roda. "Se você não a quer levar, deixe isso comigo; eu vou à Rua dos Barbonos." Cândido Neves pediu que não, que esperasse, que ele mesmo a levaria. Notai que era um menino, e que ambos os pais desejavam justamente esse sexo. Mal lhe deram algum leite; mas como chovesse à noite, assentou o pai levá-lo à roda na noite seguinte.

Naquela reviu todas as suas notas de escravos fugidos. As gratificações pela maior parte eram promessas; algumas traziam a soma escrita e escassa. Uma, porém, subia a cem mil-réis. Tratava-se de uma mulata; vinham indicações de gesto e de vestido. Cândido Neves andara a pesquisá-la sem melhor **fortuna**, e abrira mão do negócio; imaginou que algum amante da escrava a houvesse recolhido. Agora, porém, a vista nova da quantia e a necessidade dela animaram Cândido Neves a fazer um grande esforço derradeiro. Saiu de manhã a ver e indagar pela Rua e Largo da Carioca, Rua do Parto e da Ajuda, onde ela parecia andar, segundo o anúncio. Não a achou; apenas um farmacêutico da Rua da Ajuda se lembrava de ter vendido uma **onça** de qualquer droga, três dias antes, à pessoa que tinha os sinais indicados. Cândido Neves parecia falar como dono da escrava, e agradeceu cortesmente a notícia. Não foi mais feliz com outros fugidos de gratificação incerta ou barata.

Voltou para a triste casa que lhe haviam emprestado. Tia Mônica arranjara de si mesma a dieta para a recente mãe e tinha já o menino para ser levado à roda. O pai, não obstante o acordo feito, mal pôde esconder a dor do espetáculo. Não quis comer o que tia Mônica lhe guardara; não tinha fome, disse, e era verdade. Cogitou mil modos de ficar com o filho; nenhum prestava. Não podia esquecer o próprio albergue em que via. Consultou a mulher, que se mostrou resignada. Tia

Fortuna: sorte.

Onça: **medida de peso inglesa equivalente a 28,349 gramas.**

Mônica pintara-lhe a criação do menino; seria maior a miséria, podendo suceder que o filho achasse a morte sem recurso. Cândido Neves foi obrigado a cumprir a promessa; pediu à mulher que desse ao filho o resto do leite que ele beberia da mãe. Assim se fez; o pequeno adormeceu, o pai pegou dele, e saiu na direção da Rua dos Barbonos.

Que pensasse mais de uma vez em voltar para casa com ele, é certo; não menos certo é que o agasalhava muito, que o beijava, que lhe cobria o rosto para preservá-lo do sereno. Ao entrar na Rua da Guarda Velha, Cândido Neves começou a afrouxar o passo.

— Hei de entregá-lo o mais tarde que puder — murmurou ele.

Mas não sendo a rua infinita ou sequer longa, viria a acabá-la; foi então que lhe ocorreu entrar por um dos becos que ligavam aquela à Rua da Ajuda. Chegou ao fim do beco e, indo a dobrar à direita, na direção do Largo da Ajuda, viu do lado oposto um vulto de mulher; era a mulata fugida. Não dou aqui a comoção de Cândido Neves por não podê-lo fazer com a intensidade real. Um adjetivo basta; digamos enorme. Descendo a mulher, desceu ele também; a poucos passos estava a farmácia onde obtivera a informação, que referi acima. Entrou, achou o farmacêutico, pediu-lhe a fineza de guardar a criança por um instante; viria buscá-la sem falta.

— Mas...

Cândido Neves não lhe deu tempo de dizer nada; saiu rápido, atravessou a rua, até ao ponto em que pudesse pegar a mulher sem dar alarma. No extremo da rua, quando ela ia a descer a de São José, Cândido Neves aproximou-se dela. Era a mesma, era a mulata fujona.

— Arminda! — bradou, conforme a nomeava o anúncio.

Arminda voltou-se sem cuidar malícia. Foi só quando ele, tendo tirado o pedaço de corda da **algibeira**, pegou dos braços da escrava, que ela compreendeu e quis fugir. Era já impossível. Cândido Neves, com as mãos robustas, atava-lhe os pulsos e dizia que andasse.

Algibeira: **bolso.**

A escrava quis gritar, parece que chegou a soltar alguma voz mais alta que de costume, mas entendeu logo que ninguém viria libertá-la, ao contrário. Pediu então que a soltasse pelo amor de Deus.

— Estou grávida, meu senhor! — exclamou. — Se Vossa Senhoria tem algum filho, peço-lhe por amor dele que me solte; eu serei sua escrava, vou servi-lo pelo tempo que quiser. Me solte, meu senhor moço!

— Siga! — repetiu Cândido Neves.

— Me solte!

— Não quero demoras; siga!

Houve aqui luta, porque a escrava, gemendo, arrastava-se a si e ao filho. Quem passava ou estava à porta de uma loja compreendia o que era e naturalmente* não acudia. Arminda ia alegando que o senhor era muito mau, e provavelmente a castigaria com açoites — coisa que, no estado em que ela estava, seria pior de sentir. Com certeza, ele lhe mandaria dar açoites.

— Você é que tem culpa. Quem lhe manda fazer filhos e fugir depois? — perguntou Cândido Neves.

Não estava em maré de riso, por causa do filho que lá ficara na farmácia, à espera dele. Também é certo que não costumava dizer grandes coisas. Foi arrastando a escrava pela Rua dos Ourives, em direção à da Alfândega, onde residia o senhor. Na esquina desta a luta cresceu; a escrava pôs os pés à parede, recuou com grande esforço, inutilmente. O que alcançou foi, apesar de ser a casa próxima, gastar mais tempo em lá chegar do que devera. Chegou, enfim, arrastada, desesperada, arquejando. Ainda ali ajoelhou-se, mas em vão. O senhor estava em casa, acudiu ao chamado e ao rumor.

— Aqui está a fujona — disse Cândido Neves.

— É ela mesma.

— Meu senhor!

— Anda, entra...

Arminda caiu no corredor. Ali mesmo o senhor da escrava abriu a carteira e tirou os cem mil-réis de gratificação. Cândido Neves guardou as duas notas de cinquenta mil-réis, enquanto o senhor novamente dizia

* Por que se pode dizer que o advérbio "naturalmente" acentua a dramaticidade da cena? O que ele pode revelar sobre o comportamento de uma sociedade escravocrata?

à escrava que entrasse. No chão, onde jazia, levada do medo e da dor, e após algum tempo de luta a escrava abortou.

O fruto de algum tempo entrou sem vida neste mundo, entre os gemidos da mãe e os gestos de desespero do dono. Cândido Neves viu todo esse espetáculo. Não sabia que horas eram. Quaisquer que fossem, urgia correr à Rua da Ajuda, e foi o que ele fez sem querer conhecer as consequências do desastre.

Quando lá chegou, viu o farmacêutico sozinho, sem o filho que lhe entregara. Quis esganá-lo. Felizmente, o farmacêutico explicou tudo a tempo; o menino estava lá dentro com a família, e ambos entraram. O pai recebeu o filho com a mesma fúria com que pegara a escrava fujona de há pouco, fúria diversa, naturalmente, fúria de amor. Agradeceu depressa e mal, e saiu **às carreiras**, não para a roda dos enjeitados, mas para a casa de empréstimo, com o filho e os cem mil-réis de gratificação. Tia Mônica, ouvida a explicação, perdoou a volta do pequeno, uma vez que trazia os cem mil-réis. Disse, é verdade, algumas palavras duras contra a escrava, por causa do aborto, além da fuga. Cândido Neves, beijando o filho, entre lágrimas verdadeiras, abençoava a fuga e **não se lhe dava do aborto**.

Nem todas as crianças **vingam,** bateu-lhe o coração.

Às carreiras: **apressadamente.**

Não se lhe dava do aborto: **não se preocupava com o aborto.**

Vingam: **conseguem nascer e viver.**

MARIA CORA

Capítulo I

Uma noite, voltando para casa, trazia tanto sono que não dei corda ao relógio. Pode ser também que a vista de uma senhora que encontrei em casa do comendador T... contribuísse para aquele esquecimento; mas estas duas razões destroem-se. Cogitação tira o sono e o sono impede a cogitação; só uma das causas devia ser verdadeira. **Ponhamos** que nenhuma, e fiquemos no principal, que é o relógio parado, de manhã, quando me levantei, ouvindo dez horas no relógio da casa.

Morava então (1893) em uma casa de pensão no **Catete**. Já por esse tempo este gênero de residência florescia no Rio de Janeiro. Aquela era pequena e tranquila. Os quatrocentos contos de réis permitiam-me casa exclusiva e própria; mas, em primeiro lugar, já eu ali residia quando os adquiri, por **jogo de praça**; em segundo lugar, era um solteirão de quarenta anos, tão **afeito** à vida de hospedaria que me seria impossível morar só. Casar não era menos impossível. Não é que me faltassem noivas. Desde os fins de 1891 mais de uma dama, — e não das menos belas, — olhou para mim com olhos brandos e amigos. Uma das filhas do comendador tratava-me com particular atenção. A nenhuma **dei corda**; o **celibato** era a minha alma, a minha vocação, o meu costume, a minha única **ventura**. **Amaria de empreitada e por desfastio**. Uma ou duas aventuras por ano bastavam a um coração meio inclinado ao ocaso e à noite.

Talvez por isso dei alguma atenção à senhora que vi em casa do comendador, na véspera. Era uma criatura morena, robusta, vinte e oito a trinta anos, vestida de escuro; entrou às dez horas, acompanhada de uma tia velha. A recepção que lhe fizeram, foi mais **cerimoniosa** que as outras; era a primeira vez que ali ia. Eu era a terceira. Perguntei se era viúva.

Ponhamos: suponhamos.

Catete: bairro da cidade do Rio de Janeiro.

Jogo de praça: algo parecido com as nossas loterias públicas. Portanto, o narrador enriqueceu graças à sorte.

Afeito: habituado, acostumado.

Dei corda: dei atenção.

Celibato: estado de solteiro.

Ventura: felicidade.

Amaria de empreitada e por desfastio: amaria apenas por algum tempo e por distração.

Cerimoniosa: atenciosa, respeitosa.

Estancieiro: fazendeiro.

Artistas seráficos: artistas que idealizam as mulheres como se elas fossem serafins, isto é, anjos. Observe que, um pouco antes, o narrador disse que Maria Cora era uma "mulher morena, robusta", o contrário das heroínas loiras, pálidas e frágeis cantada pelos escritores românticos. Mais à frente, observe que o narrador cita outras características da mulher que contrariam o modelo das heroínas da literatura romântica.

Opiniões republicanas: o conto se passa durante os conflitos políticos que, de 1893 a 1895, desencadearam uma sangrenta guerra civil no Rio Grande do Sul envolvendo o Partido Republicano e o Partido Federalista. Maria Cora, como se lê, era republicana.

Vexou-me: envergonhou-me.

Não as professava de espécie alguma: o narrador não tinha opinião nenhuma sobre o conflito.

Picante: meio malicioso.

Ao pé: de perto.

Não me acudiu: não percebi.

Maçada: aborrecimento, chateação.

Oficial: funcionário.

— Não; é casada.

— Com quem?

— Com um **estancieiro** do Rio Grande.

— Chama-se?

— Ele? Fonseca, ela Maria Cora.

— O marido não veio com ela?

— Está no Rio Grande.

Não soube mais nada; mas a figura da dama interessou-me pelas graças físicas, que eram o oposto do que poderiam sonhar poetas românticos e **artistas seráficos**. Conversei com ela alguns minutos, sobre coisas indiferentes, — mas suficientes para escutar-lhe a voz, que era musical, e saber que tinha **opiniões republicanas**. **Vexou-me** confessar que **não as professava de espécie alguma**; declarei-me vagamente pelo futuro do país. Quando ela falava, tinha um modo de umedecer os beiços, não sei se casual, mas gracioso e **picante**. Creio que, vistas assim **ao pé**, as feições não eram tão corretas como pareciam a distância, mas eram mais suas, mais originais.

Capítulo II

De manhã tinha o relógio parado. Chegando à cidade, desci a Rua do Ouvidor, até à da Quitanda, e indo a voltar à direita, para ir ao escritório do meu advogado, lembrou-me ver que horas eram. **Não me acudiu** que o relógio estava parado.

— Que **maçada**! — exclamei.

Felizmente, naquela mesma Rua da Quitanda, à esquerda, entre as do Ouvidor e Rosário, era a oficina onde eu comprara o relógio, e a cuja pêndula usava acertá-lo. Em vez de ir para um lado, fui para outro. Era apenas meia hora; dei corda ao relógio, acertei-o, troquei duas palavras com o **oficial** que estava ao balcão, e indo a sair, vi à porta de uma loja de novidades que ficava defronte, nem mais nem menos que a senhora de escuro que encontrara em casa do comendador. Cumprimentei-a, ela correspondeu depois de alguma hesitação, como se me não houvesse reconhecido logo, e depois seguiu pela Rua da Quitanda fora, ainda para o lado esquerdo.

Como tivesse algum tempo ante mim (pouco menos de trinta minutos), dei-me a andar atrás de Maria Cora. Não digo que uma força violenta me levasse já, mas não posso esconder que cedia a qualquer impulso de curiosidade e desejo; era também um resto da juventude passada. Na rua, andando, vestida de escuro, como na véspera, Maria Cora pareceu-me ainda melhor. Pisava forte, não apressada nem lenta, o bastante para deixar ver e admirar as belas formas*, mui mais corretas que as linhas do rosto. Subiu a Rua do Hospício, até uma oficina de **ocularista**, onde entrou e ficou dez minutos ou mais. Deixei-me estar a distância, fitando a porta disfarçadamente. Depois saiu, **arrepiou caminho**, e dobrou a Rua dos Ourives, até a do Rosário, por onde subiu até ao Largo da Sé; daí passou ao de S. Francisco de Paula. Todas essas reminiscências parecerão **escusadas**, senão aborrecíveis; a mim dão-me uma sensação intensa e particular, são os primeiros passos de uma carreira penosa e longa. Demais, vereis por aqui que ela evitava subir a **Rua do Ouvidor**, que todos e todas buscariam àquela ou a outra hora para ir ao Largo de S. Francisco de Paula. Foi atravessando o largo, na direção da Escola Politécnica, mas a meio caminho veio ter com ela um carro que estava parado defronte da Escola; meteu-se nele, e o **carro** partiu.

A vida tem suas encruzilhadas, como outros caminhos da terra. Naquele momento achei-me diante de uma **assaz** complicada, mas não tive tempo de escolher direção, — nem tempo nem liberdade. Ainda agora não sei como é que me vi dentro de um **tílburi**; é certo que me vi nele, dizendo ao cocheiro que fosse atrás do carro.

Maria Cora morava no Engenho Velho; era uma boa casa, sólida, posto que antiga, dentro de uma chácara. Vi que morava ali, porque a tia estava a uma das janelas. Demais, saindo do carro, Maria Cora disse ao cocheiro

---

* **Observe que narrador mostra-se atraído pelo corpo de Maria Cora.**

Ocularista: fabricante de óculos.

Arrepiou caminho: voltou atrás, não seguiu adiante.

Escusadas: desnecessárias.

Rua do Ouvidor: rua elegante do centro do Rio de Janeiro, com muitas lojas e cafés, sempre cheia de gente.

Carro: veículo de transporte puxado por animal.

Assaz: bastante.

Tílburi: carro com duas rodas, dois assentos, capota e puxado por um só animal. Era usado também como uma espécie de táxi.

Me deu uma maçada: me atrasou com uma conversa maçante, aborrecida.

* Com esse comentário, o narrador aguça a curiosidade do leitor: quando seria a próxima vez?

Fiz-me encontradiço: encontrei-me frequentemente.

Reclusa: fechada em casa.

Recebia: recebia convidados em casa.

Austeros costumes: costumes sérios, rígidos.

Viril: firme, determinado.

Pampa: planície extensa de vegetação rasteira, existente no Rio Grande do Sul, Argentina e Uruguai.

Pampeiro: vento forte e frio dos pampas, também chamado minuano. O que essa descrição sugere sobre a personalidade de Maria Cora?

Posto: embora.

Que lhe saía a ela: que parecia com ela, isto é, tinha a mesma personalidade da tia.

(o meu tílburi ia passando adiante) que naquela semana não sairia mais, e que aparecesse segunda-feira ao meio-dia. Em seguida, entrou pela chácara, como dona dela, e parou a falar ao feitor, que lhe explicava alguma coisa com o gesto.

Voltei depois que ela entrou em casa, e só muito abaixo é que me lembrou de ver as horas, era quase uma e meia. Vim a trote largo até à Rua da Quitanda, onde me apeei à porta do advogado.

— Pensei que não vinha — disse-me ele.

— Desculpe, doutor, encontrei um amigo que **me deu uma maçada**.

Não era a primeira vez que mentia na minha vida, nem seria a última*.

Capítulo III

Fiz-me encontradiço com Maria Cora, na casa do comendador, primeiro, e depois em outras. Maria Cora não vivia absolutamente **reclusa**, dava alguns passeios e fazia visitas. Também **recebia**, mas sem dia certo, uma ou outra vez, e apenas cinco a seis pessoas da intimidade. O sentimento geral é que era pessoa de fortes sentimentos e **austeros costumes**. Acrescentai a isto o espírito, um espírito agudo, brilhante e **viril**. Capaz de resistências e fadigas, não menos que de violências e combates, era feita, como dizia um poeta que lá ia à casa dela, "de um pedaço de **pampa** e outro de **pampeiro**". A imagem era em verso e com rima, mas a mim só me ficou a ideia e o principal das palavras. Maria Cora gostava de ouvir definir-se assim, **posto** não andasse mostrando aquelas forças a cada passo, nem contando as suas memórias da adolescência. A tia é que contava algumas, com amor, para concluir **que lhe saía a ela**, que também fora assim na mocidade. A justiça pede que se diga que, ainda agora, apesar de doente, a tia era pessoa de muita vida e robustez.

Com pouco, apaixonei-me pela sobrinha. Não me pesa confessá-lo, pois foi a ocasião da única página da minha vida que merece atenção particular. Vou narrá-la brevemente; **não conto novela** nem direi mentiras.

Gostei de Maria Cora. Não lhe confiei logo o que sentia, mas é provável que ela o percebesse ou adivinhasse, como todas as mulheres. Se a descoberta ou adivinhação foi anterior à minha ida à casa do Engenho Velho, nem assim deveis censurá-la por me haver convidado a ir ali uma noite. Podia ser-lhe então indiferente a minha disposição moral; podia também gostar de se sentir querida, sem a menor ideia de retribuição. A verdade é que fui essa noite e tornei outras; a tia gostava de mim e dos meus modos. O poeta que lá ia, tagarela e tonto, disse uma vez que estava **afinando a lira** para o casamento da tia comigo. A tia riu-se; eu, que queria as boas graças dela, não podia deixar de rir também, e o caso foi matéria de conversação por uma semana; mas já então o meu amor à outra tinha atingido ao cume.

Soube, pouco depois, que Maria Cora vivia separada do marido. Tinham casado oito anos antes, por verdadeira paixão. Viveram felizes cinco. Um dia, sobreveio uma aventura do marido que destruiu a paz do casal. João da Fonseca apaixonou-se por uma **figura** de circo, uma chilena que voava em cima do cavalo, Dolores, e deixou a estância para ir atrás dela. Voltou seis meses depois, curado do amor, mas curado à força, porque a aventureira se enamorou do redator de um jornal, que não tinha vintém, e por ele abandonou Fonseca e a sua prataria. A esposa tinha jurado não aceitar mais o esposo, e tal foi a declaração que lhe fez quando ele apareceu na estância.

— Tudo está acabado entre nós; vamos desquitar-nos.

João da Fonseca teve um primeiro gesto de acordo; era um quadragenário orgulhoso, para quem tal proposta era de si mesma uma ofensa. Durante uma noite tratou dos preparativos para o desquite; mas, na seguinte manhã, a vista das **graças** da esposa novamente o comoveram. Então, sem tom implorativo, antes como quem lhe perdoava, entendeu dizer-lhe que deixasse passar uns seis meses. Se ao fim de seis

---

Não conto novela: isto é, não escrevo ficção. O narrador diz que a história é verídica, não é inventada.

Afinando a lira: preparando uma poesia para celebrar o casamento. Lira é um instrumento de corda em forma de U usado pelos antigos poetas na declamação de versos.

Figura: artista.

Graças: belezas físicas.

meses, persistisse o sentimento atual que inspirava a proposta do desquite, este se faria. Maria Cora não queria aceitar a emenda, mas a tia, que residia em Porto Alegre e fora passar algumas semanas na estância, interveio com boas palavras. Antes de três meses estavam reconciliados.

— João — disse-lhe a mulher no dia seguinte ao da reconciliação —, você deve ver que o meu amor é maior que o meu ciúme, mas fica entendido que este caso da nossa vida é único. Nem você me fará outra, nem eu lhe perdoarei nada mais.

João da Fonseca achava-se então em um renascimento do delírio conjugal; respondeu à mulher jurando tudo e mais alguma coisa. Aos quarenta anos, concluiu ele, não se fazem duas aventuras daquelas, e a minha foi de doer. Você verá, agora é para sempre.

A vida recomeçou tão feliz, como dantes, — ele dizia que mais. Com efeito, a paixão da esposa era violenta, e o marido tornou a amá-la como outrora. Viveram assim dois anos. Ao fim desse tempo, os ardores do marido haviam diminuído, alguns amores passageiros vieram meter-se entre ambos. Maria Cora, ao contrário do que lhe dissera, perdoou essas faltas, que aliás não tiveram a extensão nem o vulto da aventura Dolores. Os desgostos, entretanto, apareceram e grandes. Houve cenas violentas. Ela parece que chegou mais de uma vez a ameaçar que se mataria; mas, posto não lhe faltasse o preciso ânimo, não fez tentativa nenhuma, a tal ponto lhe doía deixar a própria causa do mal, que era o marido. João da Fonseca percebeu isto mesmo, e acaso explorou a fascinação que exercia na mulher*****.

Uma circunstância política veio complicar esta situação moral. João da Fonseca era pelo lado da revolução, dava-se com vários dos seus chefes, e pessoalmente detestava alguns dos contrários. Maria Cora, por laços de família, era adversa aos federalistas. Esta oposição de sentimentos não seria bastante para separá-los, nem se pode dizer que, por si mesma, azedasse a vida dos dois. Embora a mulher, ardente em tudo, não o

* Observe que, apesar da personalidade firme e decidida, Maria Cora perdoa as traições do marido e não deixa de amá-lo profundamente.

fosse menos em condenar a revolução, **chamando nomes crus** aos seus chefes e oficiais; embora o marido, também excessivo, replicasse com igual ódio, os seus **arrufos** políticos apenas aumentariam os domésticos, e provavelmente não passariam dessa troca de conceitos, se uma nova Dolores, desta vez Prazeres, e não chilena nem **saltimbanca**, não revivesse os dias amargos de outro tempo. Prazeres era ligada ao partido da revolução, não só pelos sentimentos, como pelas relações da vida com um federalista. Eu a conheci pouco depois*, era bela e **airosa**; João da Fonseca era também um homem gentil e sedutor. Podiam amar-se fortemente, e assim foi. Vieram incidentes, mais ou menos graves, até que um decisivo determinou a separação do casal.

Já cuidavam disto desde algum tempo, mas a reconciliação não seria impossível, apesar da palavra de Maria Cora, graças à intervenção da tia; esta havia insinuado à sobrinha que residisse três ou quatro meses no Rio de Janeiro ou em S. Paulo. Sucedeu, porém, uma coisa triste de dizer. O marido, em um momento de desvario, ameaçou a mulher com o **rebenque**. Outra versão diz que ele tentara esganá-la. Quero crer que a verídica é a primeira, e que a segunda foi inventada para tirar à violência de João da Fonseca o que pudesse haver deprimente e vulgar. Maria Cora não disse mais uma só palavra ao marido. A separação foi imediata; a mulher veio com a tia para o Rio de Janeiro, depois de arranjados amigavelmente os interesses **pecuniários**. **Demais**, a tia era rica.

João da Fonseca e Prazeres ficaram vivendo juntos uma vida de aventuras que não importa escrever aqui. Só uma coisa interessa diretamente à minha narração. Tempos depois da separação do casal, João da Fonseca estava alistado entre os revolucionários. A paixão política, posto que forte, não o levaria a pegar em armas, se não fosse uma espécie de desafio da parte de Prazeres; assim **correu** entre os amigos dele, mas ainda este ponto é obscuro. A versão é que ela, exasperada com o resultado de alguns combates, disse ao estancieiro

---

Chamando nomes crus: ofendendo, xingando.

Arrufos: desentendimentos, discussões.

Saltimbanca: artista itinerante de circo.

* Comentário que deixa o leitor curioso e prende sua atenção: em que circunstâncias o narrador teria conhecido essa nova amante de Fonseca?

Airosa: elegante, graciosa.

Rebenque: pequeno chicote de couro para tocar cavalo.

Pecuniários: financeiros.

Demais: além disso.

Correu: comentou-se.

que iria, disfarçada em homem, vestir farda de soldado e **bater-se** pela revolução. Era capaz disto; o amante disse-lhe que era uma loucura, ela acabou propondo--lhe que, nesse caso, fosse ele bater-se em vez dela; era uma grande prova de amor que lhe daria.

— Não te tenho dado tantas?

— Tem, sim; mas esta é a maior de todas, esta me fará **cativa até à morte.**

— Então agora ainda não é até à morte? — perguntou ele rindo.

— Não.

Pode ser que as coisas se passassem assim. Prazeres era, com efeito, uma mulher caprichosa e **imperiosa**, e sabia prender um homem por laços de ferro. O federalista, de quem se separou para acompanhar João da Fonseca, depois de fazer tudo para reavê-la, passou à campanha oriental, onde dizem que vive pobremente, **encanecido** e envelhecido vinte anos, sem querer saber de mulheres nem de política. João da Fonseca acabou cedendo; ela pediu para acompanhá-lo, e até bater-se, se fosse preciso; ele **negou-lho**. A revolução triunfaria em breve, disse; vencidas as forças do governo, tornaria à estância, onde ela o esperaria.

— Na estância, não — respondeu Prazeres — **espero-te em Porto Alegre.**

Capítulo IV

Não importa dizer o tempo que despendi nos inícios da minha paixão, mas não foi grande. A paixão cresceu rápida e forte. Afinal senti-me tão tomado dela que não pude mais guardá-la comigo, e resolvi declarar-lha uma noite; mas a tia, que usava cochilar desde as nove horas (acordava às quatro), daquela vez não pregou olho, e, ainda que o fizesse, é provável que eu não **alcançasse** falar; tinha a voz presa e na rua senti uma vertigem igual à que me deu a primeira paixão da minha vida.

— Sr. Correia, não vá cair — disse a tia quando eu passei à varanda, despedindo-me.

Bater-se: combater.

Cativa até a morte: conquistada para o resto da vida.

Imperiosa: determinada, autoritária.

Encanecido: com cabelos brancos.

Negou-lho: construção que equivale a "negou-lhe isso". A junção dos pronomes lhe + o é tipicamente lusitana e pode ser feita com outros pronomes, como lha (lhe + a), lhos (lhe + os), mo (me + o), mos (me + os) etc. Ao longo do conto, há outros exemplos dessa construção.

Espero-te em Porto Alegre: ela estava tão confiante na vitória que achava que os revoltosos iriam conquistar a capital do estado, derrotando os republicanos.

Alcançasse: conseguisse.

— Deixe estar, não caio.

Passei mal a noite; não pude dormir mais de duas horas, aos pedaços, e antes das cinco estava em pé.

— É preciso acabar com isto! — exclamei.

De fato, não parecia achar em Maria Cora mais que benevolência e perdão, mas era isso mesmo que a tornava **apetecível**. Todos os amores da minha vida tinham sido fáceis; em nenhum encontrei resistência, a nenhuma deixei com dor; alguma pena, é possível, e um pouco de recordação. Desta vez sentia-me tomado por ganchos de ferro. Maria Cora era toda vida; parece que, **ao pé dela**, as próprias cadeiras andavam e as figuras do tapete moviam os olhos. Põe nisso uma forte dose de meiguice e graça; finalmente, a ternura da tia fazia daquela criatura um anjo. É banal a comparação, mas não tenho outra.

Resolvi cortar o mal pela raiz, não tornando ao Engenho Velho, e assim fiz por alguns dias largos, duas ou três semanas. Busquei distrair-me e esquecê-la, mas foi em vão. Comecei a sentir a ausência como de um bem querido; apesar disso, resisti e não tornei logo. Mas, crescendo a ausência, cresceu o mal, e enfim resolvi tornar lá uma noite. Ainda assim pode ser que não fosse, **a não achar** Maria Cora na mesma oficina da Rua da Quitanda, aonde eu fora acertar o relógio parado.

— É freguês também? — perguntou-me ao entrar.

— Sou.

— Vim acertar o meu. Mas, por que não tem aparecido?

— É verdade, por que não voltou lá à casa? — completou a tia.

— Uns negócios, murmurei; mas, hoje mesmo contava ir lá.

— Hoje não; vá amanhã, disse a sobrinha. Hoje vamos passar a noite fora.

Pareceu-me ler naquela palavra um convite a amá-la de vez, assim como a primeira trouxera um tom que presumi ser de saudade. Realmente, no dia seguinte, fui ao Engenho Velho. Maria Cora acolheu-me com a

Apetecível: **desejável.**

Ao pé dela: **perto dela.**

A não achar: **se não encontrasse.**

mesma boa vontade de antes. O poeta lá estava e contou-me em verso os suspiros que a tia dera por mim. **Entrei a frequentá-las** novamente e resolvi declarar tudo.

Já acima disse que ela provavelmente percebera ou adivinhara o que eu sentia, como todas as mulheres; referi-me aos primeiros dias. Desta vez com certeza percebeu, nem por isso me **repeliu**. Ao contrário, parecia gostar de se ver querida, muito e bem.

Pouco depois daquela noite escrevi-lhe uma carta e fui ao Engenho Velho. Achei-a um pouco retraída; a tia explicou-me que recebera notícias do Rio Grande que a afligiram. Não liguei isto ao casamento e busquei alegrá-la; apenas consegui vê-la **cortês**. Antes de sair, perto da varanda, entreguei-lhe a carta; ia a dizer-lhe: "Peço-lhe que leia", mas a voz não saiu*. Vi-a um pouco atrapalhada, e para evitar dizer o que melhor ia escrito, cumprimentei-a e **enfiei** pelo jardim. Pode imaginar-se a noite que passei, e o dia seguinte foi naturalmente igual, à medida que a outra noite vinha. Pois, ainda assim, não tornei à casa dela; resolvi esperar três ou quatro dias, não que ela me escrevesse logo, mas que pensasse nos termos da resposta. Que estes haviam de ser simpáticos, era certeza minha; as maneiras dela, nos últimos tempos, eram mais que afáveis, pareciam-me convidativas.

Não cheguei, porém, aos quatro dias; mal pude esperar três. Na noite do terceiro fui ao Engenho Velho. Se disser que entrei trêmulo da primeira comoção, não minto. Achei-a ao piano, tocando para o poeta ouvir; a tia, na poltrona, pensava em não sei que, mas eu quase não a vi, tal a minha primeira alucinação.

— Entre, Sr. Correia — disse esta — não caia em cima de mim.

— Perdão...

Maria Cora não interrompeu a música; ao ver-me chegar, disse:

— Desculpe, se lhe não dou a mão, estou aqui servindo de **musa** a este senhor.

Entrei a frequentá-las: comecei a visitá-las.

Repeliu: rejeitou.

Cortês: gentil, amável.

* Apesar de ser um homem com quarenta anos, Correia parece perturbado pela paixão como se fosse um adolescente. Observe, ao longo da narração, outros momentos como esse.

Enfiei: saí.

Musa: mulher que inspira poetas.

Minutos depois, veio a mim, e estendeu-me a mão com tanta **galhardia**, que li nela a resposta, e estive quase a dar-lhe um agradecimento. Passaram-se alguns minutos, quinze ou vinte. Ao fim desse tempo, ela **pretextou** um livro, que estava em cima das músicas, e pediu-me para dizer se o conhecia; fomos ali ambos, e ela abriu-mo; entre as duas folhas estava um papel.

— Na outra noite, quando aqui esteve, deu-me esta carta; não podia dizer-me o que tem dentro?

— Não adivinha?

— Posso errar na adivinhação.

— É isso mesmo.

— Bem, mas eu sou uma senhora casada, e nem por estar separada do meu marido deixo de estar casada. O senhor ama-me, não é? Suponha, pelo melhor, que eu também o amo; nem por isso deixo de estar casada.

Dizendo isto, entregou-me a carta; não fora aberta. Se estivéssemos sós, é possível que eu lha lesse, mas a presença de estranhos impedia-me este recurso. Demais, era desnecessário; a resposta de Maria Cora era definitiva ou me pareceu tal. Peguei na carta, e antes de a guardar comigo:

— Não quer então ler?

— Não.

— Nem para ver os termos?

— Não.

— Imagine que lhe proponho ir combater contra seu marido, matá-lo e voltar* — disse eu cada vez mais tonto**.

—Propõe isto?

— Imagine.

— Não creio que ninguém me ame com tal***, concluiu sorrindo. Olhe, que estão reparando em nós.

Dizendo isto, separou-se de mim, e foi ter com a tia e o poeta. Eu fiquei ainda alguns segundos com o livro na mão, como se **deveras** o examinasse, e afinal deixei-o. Vim sentar-me defronte dela. Os três conversavam de

---

Galhardia: elegância.

Pretextou: usando como pretexto.

* Atenção com essa ideia que o próprio Correia julga absurda...

** O que pode sugerir esse adjetivo usado pelo narrador?

*** Maria Cora não se acha capaz de inspirar um amor tão forte que leve um homem a fazer isso.

Deveras: de fato.

coisas do Rio Grande, de combates entre federalistas e legalistas, e da **vária sorte deles**. O que eu então senti não se escreve; pelo menos, não o escrevo eu, que não sou romancista*. Foi uma espécie de vertigem, um delírio, uma cena pavorosa e lúcida, um combate e uma glória. Imaginei-me no campo, entre uns e outros, combatendo os federalistas, e afinal matando João da Fonseca, voltando e casando-me com a viúva. Maria Cora contribuía para esta visão sedutora; agora, que me recusara a carta, parecia-me mais bela que nunca, e a isto acrescia que se não mostrava zangada nem ofendida, tratava-me com igual carinho que antes, creio até que maior. Disto podia **sair** uma impressão dupla e contrária, — uma de **aquiescência tácita**, outra de indiferença, mas eu só via a primeira, e saí de lá completamente louco.

O que então resolvi foi realmente de louco**. As palavras de Maria Cora: "Não creio que ninguém me ame com tal força" — soavam-me aos ouvidos, como um desafio. Pensei nelas toda a noite, e no dia seguinte fui ao Engenho Velho; logo que tive ocasião de jurar-lhe a prova, **fi-lo**.

— Deixo tudo o que me interessa, a começar pela paz, com o único fim de lhe mostrar que a amo, e a quero só e santamente para mim. Vou combater a revolta.

Maria Cora fez um gesto de deslumbramento. Daquela vez percebi que realmente gostava de mim, verdadeira paixão, e se fosse viúva, não casava com outro. Jurei novamente que ia para o Sul. Ela, comovida, estendeu-me a mão. Estávamos em pleno romantismo. Quando eu nasci, os meus não acreditavam em outras provas de amor, e minha mãe contava-me os romances em versos de cavaleiros andantes que iam à Terra Santa libertar o sepulcro de Cristo por amor da fé e da sua dama. Estávamos em pleno romantismo***.

Capítulo V

Fui para o sul. Os combates entre legalistas e revolucionários eram contínuos e sangrentos, e a notícia

---

Vária sorte deles: diferentes destinos dos combatentes.

* **Mais uma vez o narrador afirma que está contando um episódio da vida real.**

Sair: resultar.

Aquiescência tácita: concordância silenciosa, isto é, ela poderia concordar com a ideia, mas sem dizer claramente.

** **Esse adjetivo retoma a ideia de um adjetivo usado poucas linhas atrás. Mas que diferença de sentido há entre eles?**

Fi-lo: eu o fiz.

*** **O próprio narrador reconhece que a situação lembrava as histórias românticas inspiradas nos cavaleiros medievais.**

deles contribuiu a animar-me. Entretanto, como nenhuma paixão política me animava a entrar na luta, força é confessar que por um instante me senti abatido e hesitei. Não era medo da morte, podia ser amor da vida, que é um sinônimo; mas, uma ou outra coisa, não foi tal nem tamanha que fizesse durar por muito tempo a hesitação. Na cidade do Rio Grande encontrei um amigo, a quem eu, por carta do Rio de Janeiro, dissera muito reservadamente que ia lá por motivos políticos. Quis saber quais.

— Naturalmente são reservados — respondi tentando sorrir.

— Bem; mas uma coisa creio que posso saber, uma só, porque não sei absolutamente o que pense a tal respeito, nada havendo antes que me instrua. De que lado estás, legalistas ou revoltosos?

— É boa! Se não fosse dos legalistas, não te mandaria dizer nada; viria às escondidas.

— Vens com alguma comissão secreta do marechal?

— Não.

Não me arrancou então mais nada, mas eu não pude deixar de lhe confiar os meus projetos, ainda que sem os seus motivos. Quando ele soube que aqueles eram alistar-me entre os voluntários que combatiam a revolução, não pôde crer em mim, e talvez desconfiasse que efetivamente eu levava algum plano secreto do presidente. Nunca da minha parte ouviu nada que pudesse explicar semelhante **passo.** Entretanto, não perdeu tempo em despersuadir-me; pessoalmente era legalista e falava dos adversários com ódio e furor. Passado o espanto, aceitou o meu ato, tanto mais nobre quanto não era inspirado por sentimento de partido. Sobre isto disse-me muita palavra bela e heroica, própria a levantar o ânimo de quem já tivesse tendência para a luta. Eu não tinha nenhuma, fora das razões particulares; estas, porém, eram agora maiores. Justamente acabava de receber uma carta da tia de Maria Cora, dando-me notícias delas, e recomendações da

Passo: decisão.

sobrinha, tudo com alguma generalidade e certa simpatia verdadeira.

Fui a Porto Alegre, alistei-me e marchei para a campanha. Não disse a meu respeito nada que pudesse despertar a curiosidade de ninguém, mas era difícil encobrir a minha condição, a minha origem, a minha viagem com o plano de ir combater a revolução. Fez-se logo uma lenda a meu respeito. Eu era um republicano antigo, riquíssimo, entusiasta, disposto a dar pela República mil vidas, se as tivesse, e resoluto a não poupar a única. Deixei dizer isto e o mais, e fui. Como eu indagasse das forças revolucionárias com que estaria João da Fonseca, alguém quis ver nisto uma razão de ódio pessoal; também não faltou quem me supusesse espião dos rebeldes, que ia pôr-me em comunicação secreta com aquele. Pessoas que sabiam das relações dele com a Prazeres, imaginavam que era um antigo amante desta que se queria vingar dos amores dele. Todas aquelas suposições morreram, para só ficar a do meu entusiasmo político; a da minha espionagem ia-me prejudicando; felizmente, não passou de duas cabeças e de uma noite.

Levava comigo um retrato de Maria Cora; **alcançara-o dela mesmo**, uma noite, pouco antes do meu embarque, com uma pequena dedicatória cerimoniosa. Já disse que estava em pleno romantismo; dado o primeiro passo, os outros vieram de si mesmos. E agora juntai a isto o amor-próprio, e compreendereis que de simples cidadão indiferente da capital saísse um guerreiro **áspero** da campanha rio-grandense. Nem por isso conto combates, nem escrevo para falar da revolução, que não teve nada comigo, por si mesma, senão pela ocasião que me dava, e por algum golpe que lhe desfechei na estreita área da minha ação. João da Fonseca era o meu rebelde. Depois de haver tomado parte no combate de **Sarandi** e **Coxilha Negra**, ouvi que o marido de Maria Cora fora morto, não sei em que **recontro**; mais tarde deram-me a notícia de estar com as forças de Gumercindo, e também que

---

Alcançara-o dela mesmo: conseguira que ela mesma desse o retrato.

Áspero: rude.

Sarandi: pequena cidade gaúcha onde, em 28 de fevereiro de 1893, tropas legalistas emboscaram e mataram centenas de federalistas.

Coxilha Negra: região gaúcha onde também houve combates entre federalistas e legalistas.

Recontro: combate.

fora feito prisioneiro e seguira para Porto Alegre; mas ainda isto não era verdade. Disperso, com dois camaradas, encontrei um dia um regimento legal que ia em defesa da Encruzilhada, **investida** ultimamente por uma força dos federalistas; apresentei-me ao comandante e segui. Aí soube que João da Fonseca estava entre essa força; deram-me todos os sinais dele, contaram-me a história dos amores e a separação da mulher.

A ideia de matá-lo no turbilhão de um combate tinha algo fantástico; nem eu sabia se tais duelos eram possíveis em semelhantes ocasiões, quando a força de cada homem tem de somar com a de toda uma força única e obediente a uma só direção. Também me pareceu, mais de uma vez, que ia cometer um crime pessoal, e a sensação que isto me dava, podeis crer que não era leve nem doce*; mas a figura de Maria Cora abraçava-me e absolvia com uma bênção de felicidades. Atirei-me de vez. Não conhecia João da Fonseca; além dos sinais que me haviam dado, tinha de memória um retrato dele que vira no Engenho Velho; se as feições não estivessem mudadas, era provável que eu o reconhecesse entre muitos. Mas, ainda uma vez, seria este encontro possível? Os combates em que eu entrara, já me faziam desconfiar que não era fácil, ao menos.

Não foi fácil nem breve. No combate da **Encruzilhada** creio que **me houve** com a necessária **intrepidez** e disciplina, e devo aqui notar que eu me ia acostumando à vida da guerra civil. Os ódios que ouvia, eram forças reais. De um lado e outro batiam-se com ardor, e a paixão que eu sentia nos meus ia-se pegando em mim. Já lera o meu nome em **uma ordem do dia**, e de viva voz recebera louvores, que comigo não pude deixar de achar justos, e ainda agora tais os declaro. Mas vamos ao principal, que é acabar com isto.

Naquele combate achei-me um tanto **como o herói de Stendhal na batalha de Waterloo**; a diferença é que o espaço foi menor. Por isso, e também porque não me quero deter em coisas de recordação fácil, direi

---

Investida: atacada.

* Que problema de consciência parece abalar Correia?

Encruzilhada: pequena cidade gaúcha, hoje chamada Encruzilhada do Sul.

Me houve: me comportei.

Intrepidez: coragem.

Uma ordem do dia: comunicado militar diário. Correia recebera elogios dos superiores por seu desempenho nos combates.

Como o herói de Stendhal na batalha de Waterloo: no romance *A cartuxa de Parma*, do francês Stendhal (1783-1842), o personagem Fabrice se junta ao exército de Napoleão Bonaparte e participa da batalha de Waterloo (na atual Bélgica) sem ter noção de que está vivendo um momento histórico importante. Nessa batalha, ocorrida em 1815, Napoleão foi vencido pelos ingleses e prussianos e teve fim seu governo como imperador.

somente que tive ocasião de matar em pessoa a João da Fonseca. Verdade é que escapei de ser morto por ele. Ainda agora trago na testa a cicatriz que ele me deixou. O combate entre nós foi curto. Se não parecesse **romanesco** demais, eu diria que João da Fonseca adivinhara o motivo e previra o resultado da ação.

Poucos minutos depois da luta pessoal, a um canto da vila, João da Fonseca caiu prostrado. Quis ainda lutar, e certamente lutou um pouco; eu é que **não consenti na desforra**, que podia ser a minha derrota, se é que raciocinei; creio que não. Tudo o que fiz foi cego pelo sangue em que o deixara banhado, e surdo pelo clamor e tumulto do combate. Matava-se, gritava-se, vencia-se; em pouco ficamos senhores do campo. Quando vi que João da Fonseca morrera deveras, voltei ao combate por instantes; a minha **ebriedade** cessara um pouco, e os **motivos primários** tornaram a dominar-me, como se fossem únicos. A figura de Maria Cora apareceu-me como um sorriso de aprovação e perdão; tudo foi rápido.

Haveis de ter lido que ali se apreenderam três ou quatro mulheres. Uma destas era a Prazeres. Quando, acabado tudo, a Prazeres viu o cadáver do amante, fez uma cena que me encheu de ódio e de inveja. Pegou em si e deitou-se a abraçá-lo; as lágrimas que verteu, as palavras que disse, fizeram rir a uns; a outros, se não enterneceram, deram algum sentimento de admiração. Eu, como digo, achei-me tomado de inveja e ódio*, mas também esse duplo sentimento desapareceu para não ficar nem admiração; acabei rindo. Prazeres, depois de honrar com dor a morte do amante, ficou sendo a federalista que já era; não vestia farda, como dissera ao desafiar João da Fonseca, quis ser prisioneira com os rebeldes e seguir com eles.

É claro que não deixei logo as forças, bati-me ainda algumas vezes, mas a razão principal dominou, e abri mão das armas. Durante o tempo em que estive alistado, só escrevi duas cartas a Maria Cora, uma pouco depois de **encetar** aquela vida nova, — outra depois do

---

Romanesco: fantasioso, coisa de romance.

Não consenti na desforra: **não permiti uma reação.**

Ebriedade: **embriaguez. Que ideia você acha que o narrador quis expressar com essa palavra? Correia estaria "embriagado" com quê?**

Motivos primários: **motivos primeiros, aqueles que o levaram aos combates. Quais eram esses motivos?**

* O que esses dois **sentimentos opostos revelam sobre Correia naquele momento?**

Encetar: iniciar.

combate da Encruzilhada; nesta não lhe contei nada do marido, nem da morte, nem sequer que o vira. Unicamente anunciei que era provável acabasse brevemente a guerra civil. Em nenhuma das duas fiz a menor alusão aos meus sentimentos nem ao motivo do meu ato; entretanto, para quem soubesse deles, a carta era significativa. Maria Cora só respondeu à primeira das cartas, com serenidade, mas não com isenção. Percebia-se, — ou percebia-o eu, — que, não prometendo nada, tudo agradecia, e, quando menos, admirava. Gratidão e admiração podiam encaminhá-la ao amor.

Ainda não disse, — e não sei como diga este ponto, — que na Encruzilhada, depois da morte de João da Fonseca, tentei degolá-lo; mas nem queria fazê-lo, nem realmente o fiz. O meu objeto era ainda outro e romanesco. Perdoa-me tu, realista sincero, há nisto também um pouco de realidade, e foi o que pratiquei, de acordo com o estado da minha alma: o que fiz foi cortar-lhe um **molho** de cabelos. Era o recibo da morte que eu levaria à viúva.

Capítulo VI

Quando voltei ao Rio de Janeiro, tinham já passado muitos meses do combate da Encruzilhada. O meu nome figurou não só em partes oficiais como em telegramas e correspondências, por mais que eu buscasse esquivar-me ao **ruído** e desaparecer na sombra. Recebi cartas de felicitações e de indagações. Não vim logo para o Rio de Janeiro, note-se; podia ter aqui alguma festa; preferi ficar em S. Paulo. Um dia, sem ser esperado, meti-me na estrada de ferro e entrei na cidade. Fui para a casa de pensão do Catete. Não procurei logo Maria Cora. Pareceu-me até mais acertado que a notícia da minha vinda lhe chegasse pelos jornais. Não tinha pessoa que lhe falasse; vexava-me ir eu mesmo a alguma redação contar o meu regresso do Rio Grande; não era passageiro de mar, cujo nome viesse em lista nas **folhas públicas**. Passaram

Molho (ó): **punhado.**

Ruído: **comentários.**

Folhas públicas: **jornais.**

dois dias; no terceiro, abrindo uma destas, dei com o meu nome. Dizia-se ali que viera de S. Paulo e estivera nas lutas do Rio Grande, citavam-se os combates, tudo com adjetivos de louvor; enfim, que voltava à mesma pensão do Catete. Como eu só contara alguma coisa ao dono da casa, podia ser ele o autor das notas; disse-me que não. Entrei a receber visitas pessoais. Todas queriam saber tudo; eu pouco mais disse que nada.

Entre os cartões, recebi dois de Maria Cora e da tia, com palavras de boas-vindas. Não era preciso mais; restava-me ir agradecer-lhes, e dispus-me a isso; mas, no próprio dia em que resolvi ir ao Engenho Velho, tive uma sensação de... De quê? Expliquem, se podem*, o acanhamento que me deu a lembrança do marido de Maria Cora, morto às minhas mãos. A sensação que ia ter diante dela **tolheu-me** inteiramente. Sabendo-se qual foi o **móvel** principal da minha ação militar, mal se compreende aquela hesitação; mas, se considerares que, por mais que me defendesse do marido e o matasse para não morrer, ele era sempre o marido, terás entendido o mal-estar que me fez adiar a visita. Afinal, peguei em mim e fui à casa dela.

Maria Cora estava de luto. Recebeu-me com bondade, e repetiu-me, como a tia, as felicitações escritas. Falamos da guerra civil, dos costumes do Rio Grande, um pouco de política, e mais nada. Não se disse de João da Fonseca. Ao sair de lá, perguntei a mim mesmo se Maria Cora estaria disposta a casar comigo.

"Não me parece que recuse, embora não lhe ache maneiras especiais. Creio até que está menos afável que dantes... Terá mudado?"

Pensei assim, vagamente. Atribuí a alteração ao estado moral da viuvez; era natural. E continuei a frequentá-la, disposto a deixar passar a primeira fase do luto para lhe pedir formalmente a mão. Não tinha que fazer declarações novas; ela sabia tudo. Continuou a receber-me bem. Nenhuma pergunta me fez sobre o marido, a tia também não, e da própria revolução não se falou mais. Pela minha parte, tornando à situação

---

* Observe que aqui o narrador dirige-se diretamente ao leitor, como se estivesse conversando com ele. Esse processo é muito comum nos contos e romances de Machado de Assis.

Tolheu-me: paralisou-me.

Móvel: motivo.

anterior, busquei não perder tempo, **fiz-me preten-dente com todas as maneiras do ofício**. Um dia, per-guntei-lhe se pensava em tornar ao Rio Grande.

— Por ora, não.

— Mas irá?

— É possível; não tenho plano nem prazo marcado; é possível.

Eu, depois de algum silêncio, durante o qual olha-va interrogativamente para ela, acabei por **inquirir** se antes de ir, caso fosse, não alteraria nada em sua vida.

— A minha vida está tão alterada...

Não me entendera; foi o que supus. Tratei de me explicar melhor, e escrevi uma carta em que lhe lem-brava a entrega e a recusa da primeira e lhe pedia fran-camente a mão. Entreguei a carta, dois dias depois, com estas palavras:

— Desta vez não recusará ler-me.

Não recusou, aceitou a carta. Foi à saída, à porta da sala. Creio até que lhe vi certa **comoção de bom agouro**. Não me respondeu por escrito, como esperei. Passados três dias, estava tão ansioso que resolvi ir ao Engenho Velho. Em caminho imaginei tudo; que me recusasse, que me aceitasse, que me adiasse, e já me contentava com a última hipótese, se não houvesse de ser a segun-da. Não a achei em casa; tinha ido passar alguns dias na Tijuca. Saí de lá aborrecido. Pareceu-me que não queria absolutamente casar; mas então era mais simples di-zê-lo ou escrevê-lo. Esta consideração trouxe-me espe-ranças novas*.

Tinha ainda presentes as palavras que me dissera, quando me devolveu a primeira carta, e eu lhe falei da minha paixão: "Suponha que eu o amo; nem por isso deixo de ser uma senhora casada". Era claro que então gostava de mim, e agora mesmo não havia razão deci-siva para crer o contrário, embora a aparência fosse um tanto fria. Ultimamente, entrei a crer que ainda gosta-va, um pouco por vaidade, um pouco por simpatia, e não sei se por gratidão também; tive alguns vestígios disso. Não obstante, não me deu resposta à segunda

---

Fiz-me pretendente com todas as maneiras do ofício: Correia passou a comportar-se claramente como alguém que pretendia casar-se com ela.

Inquirir: perguntar.

Comoção de bom agouro: ela mostrou-se emocionada com a carta e isso pareceu de bom agouro a Correia, isto é, podia ser um sinal de que ela aceitaria a proposta de casamento.

* Por que o silêncio de Maria Cora deu esperanças novas a Correia?

carta. Ao voltar da Tijuca, vinha menos expansiva, acaso mais triste. Tive eu mesmo de lhe falar na matéria; a resposta foi que por ora, estava disposta a não casar.

— Mas um dia ...? — perguntei depois de algum silêncio.

— Estarei velha.

— Mas então... será muito tarde?

— Meu marido pode não estar morto.

Espantou-me esta objeção.

— Mas a senhora está de luto.

— Tal foi a notícia que li e me deram; pode não ser exata. Tenho visto desmentir outras que se **reputavam** certas.

— Quer certeza absoluta? — perguntei. — Eu posso dá-la.

Maria Cora empalideceu. Certeza. Certeza de quê? Queria que lhe contasse tudo, mas tudo. A situação era tão penosa para mim que não hesitei mais, e, depois de lhe dizer que era intenção minha não lhe contar nada, como não contara a ninguém, ia fazê-lo, unicamente para obedecer à intimação. E referi o combate, as suas fases todas, os riscos, as palavras, finalmente a morte de João da Fonseca. A ânsia com que me ouviu foi grande, e não menor o abatimento final. Ainda assim, dominou-se, e perguntou-me:

— Jura que me não está enganando?

— Para que a enganar? O que tenho feito é bastante para provar que sou sincero. Amanhã, trago-lhe outra prova, se é preciso mais alguma.

Levei-lhe os cabelos que cortara ao cadáver. Contei-lhe, — e confesso que o meu fim foi irritá-la contra a memória do defunto, — contei-lhe o desespero da Prazeres. Descrevi essa mulher e as suas lágrimas. Maria Cora ouviu-me com os olhos grandes e perdidos; estava ainda com ciúmes. Quando lhe mostrei os cabelos do marido, atirou-se a eles, recebeu-os, beijou-os, chorando, chorando, chorando... Entendi melhor sair e sair para sempre. Dias depois recebi a resposta à minha carta; recusava casar.

Reputavam: consideravam.

Na resposta havia uma palavra que é a única razão de escrever esta narrativa: "Compreende que eu não podia aceitar a mão do homem que, embora lealmente, matou meu marido". Comparei-a àquela outra que me dissera antes, quando eu me propunha sair a combate, matá-lo e voltar: "Não creio que ninguém me ame com tal força". E foi essa palavra que me levou à guerra. Maria Cora vive agora reclusa; de costume manda dizer uma missa por alma do marido, no aniversário do combate da Encruzilhada. Nunca mais a vi; e, coisa menos difícil, nunca mais esqueci de dar corda ao relógio.

MARCHA FÚNEBRE

O deputado Cordovil não podia pregar olho uma noite de agosto de 186... Viera cedo do **Cassino Fluminense**, depois da retirada do Imperador, e durante o baile não tivera o mínimo incômodo moral nem físico. Ao contrário, a noite foi excelente; tão excelente que um inimigo seu, que padecia do coração, faleceu antes das dez horas, e a notícia chegou ao Cassino pouco depois das onze.

Naturalmente concluis* que ele ficou alegre com a morte do homem, espécie de vingança que os corações adversos e fracos tomam em falta de outra. Digo-te que concluis mal; não foi alegria, foi desabafo. A morte vinha de meses, era daquelas que não acabam mais, e moem, mordem, comem, trituram a pobre criatura humana. Cordovil sabia dos padecimentos do adversário. Alguns amigos, **para o consolar de antigas injúrias**, iam contar-lhe o que viam ou sabiam do enfermo, pregado a uma cadeira de braços, vivendo as noites horrivelmente, sem que as auroras lhe trouxessem esperanças, nem as tardes desenganos. Cordovil pagava-lhes com alguma palavra de compaixão, que o **alvissareiro** adotava, e repetia, e era mais sincera naquele que neste. Enfim acabara de padecer; daí o desabafo.

Este sentimento **pegava** com a piedade humana. Cordovil, salvo em política, não gostava do mal alheio. Quando rezava, ao levantar da cama: "Padre Nosso, que estás no céu, santificado seja o teu nome, venha a nós o teu reino, seja feita a tua vontade, assim na terra como no céu; o pão nosso de cada dia nos dá hoje; perdoa as nossas dívidas, como nós perdoamos aos nossos devedores"... não imitava um de seus amigos que rezava a mesma prece, sem todavia perdoar aos devedores, **como dizia de língua**; esse chegava a cobrar além do que eles lhe deviam, isto é, se ouvia maldizer de alguém,

---

Cassino Fluminense: elegante clube do Rio de Janeiro, foi um dos mais importantes salões da capital imperial e palco dos principais bailes da Corte, aos quais o próprio imperador D. Pedro II costumava comparecer.

* Observe que o narrador se dirige diretamente ao leitor, como se fosse conversar com ele.

Para o consolar de antigas injúrias: os amigos achavam que, falando dos sofrimentos do outro, Cordovil se sentiria vingado das injúrias que recebera dele. Mas qual era a sua reação?

Alvissareiro: portador de boas notícias.

Pegava: combinava.

Como dizia de língua: como dizia ao rezar.

decorava tudo e mais alguma coisa e ia repeti-lo a outra parte. No dia seguinte, porém, a bela oração de Jesus tornava a sair dos lábios da véspera com a mesma caridade de ofício*.

Cordovil **não ia nas águas desse amigo**; perdoava **deveras**. Que entrasse no perdão um tantinho de preguiça, é possível, sem aliás ser evidente. Preguiça amamenta muita virtude. Sempre é alguma coisa **minguar força à ação do mal**. Não esqueça que o deputado só gostava do mal alheio em política, e o inimigo morto era inimigo pessoal. Quanto à causa da inimizade, não a sei eu, e o nome do homem acabou com a vida.

— Coitado! Descansou — disse Cordovil.

Conversaram da longa doença do finado. Também falaram das várias mortes deste mundo, dizendo Cordovil que a todas preferia a de **César**, não por motivo do **ferro**, mas por inesperada e rápida.

— **Tu quoque?** — perguntou-lhe um colega rindo.

Ao que ele, apanhando a alusão, replicou:

— Eu, se tivesse um filho, quisera morrer às mãos dele. O **parricídio**, estando fora do comum, faria a tragédia mais trágica.

Tudo foi assim alegre. Cordovil saiu do baile com sono, e foi cochilando no **carro**, apesar do mal calçado das ruas. Perto de casa, sentiu parar o carro e ouviu rumor de vozes. Era o caso de um defunto, que duas **praças** de polícia estavam levantando do chão.

— Assassinado? — perguntou ele ao **lacaio**, que descera da **almofada** para saber o que era.

— Não sei, não, senhor.

— Pergunta o que é.

— Este moço sabe como foi — disse o lacaio, indicando um desconhecido, que falava a outros.

O moço aproximou-se da portinhola, antes que o deputado recusasse ouvi-lo. Referiu-lhe então em poucas palavras o acidente a que assistira.

— Vínhamos andando, ele adiante, eu atrás. Parece que assobiava uma polca. Indo a atravessar a rua para o lado do Mangue, vi que estacou o passo, a modo que

---

* A oração, na verdade, era insincera, não passava de uma fórmula decorada. A denúncia da hipocrisia é uma das características da literatura machadiana.

Não ia nas águas desse amigo: não fazia como o amigo.

Deveras: de verdade.

Minguar força à ação do mal: faltar força para fazer algum mal.

César: alusão à morte do general romano Júlio César, que, acusado de trair a república, foi assassinado a facadas em 44 a.C. por um grupo de senadores, dentre os quais Brutus, seu filho adotivo.

Ferro: faca.

Tu quoque?: tu também? (em latim). Na peça *Júlio César*, do inglês William Shakespeare (1564-1616), César diz essa frase a Brutus no momento em que é apunhalado.

Parricídio: nome que se dá ao assassinato do pai pelo próprio filho.

Carro: veículo de transporte puxado por animal.

Praças: soldados.

Lacaio: criado que acompanha o patrão. O lacaio seguia ao lado do cocheiro que conduzia o carro.

Almofada: assento de almofada do carro.

torceu o corpo, não sei bem, e caiu sem sentidos. Um doutor, que chegou logo, descendo de um sobradinho, examinou o homem e disse que "morreu de repente". Foi-se juntando gente, a patrulha levou muito tempo a chegar. Agora **pegou dele**. Quer ver o defunto?

— Não, obrigado. Já se pode passar?

— Pode.

— Obrigado. Vamos, Domingos.

Domingos trepou à almofada, o cocheiro tocou os animais, e o carro seguiu até à Rua de S. Cristóvão, onde morava Cordovil.

Antes de chegar à casa, Cordovil foi pensando na morte do desconhecido. Em si mesma, era boa; comparada à do inimigo pessoal, excelente. Ia a assobiar, cuidando sabe Deus em que delícia passada ou em que esperança futura; revivia o que vivera, ou antevia o que podia viver, senão quando, a morte pegou da delícia ou da esperança, e lá se foi o homem ao eterno repouso. Morreu sem dor, ou, se alguma teve, foi acaso brevíssima, como um relâmpago que deixa a escuridão mais escura.

Então pôs o caso em si. Se lhe tem acontecido no Cassino a morte do **Aterrado**? Não seria dançando; os seus quarenta anos não dançavam. Podia até dizer que ele só dançou até aos vinte. Não era dado a moças, tivera uma afeição única na vida, — aos vinte e cinco anos, casou e enviuvou **ao cabo de** cinco semanas para não casar mais. Não é que lhe faltassem noivas, — **mormente** depois de perder o avô, que lhe deixou duas fazendas. Vendeu-as ambas e passou a viver consigo, fez duas viagens à Europa, continuou a política e a sociedade. Ultimamente parecia **enojado** de uma e de outra, mas não tendo em que matar o tempo, não abriu mão delas. Chegou a ser ministro uma vez, creio que da Marinha, não passou de sete meses. Nem a **pasta** lhe deu glória, nem a demissão desgosto. Não era ambicioso, e mais puxava para a quietação que para o movimento.

Pegou dele: pegou o corpo.

Aterrado: área da cidade do Rio de Janeiro onde hoje existe o bairro Cidade Nova.

Ao cabo de: ao fim de.

Mormente: principalmente.

Enojado: enjoado, entediado.

Pasta: cargo (no caso, de ministro).

Mas se lhe tivesse sucedido morrer de repente no Cassino, ante uma valsa ou quadrilha, entre duas portas? Podia ser muito bem. Cordovil compôs de imaginação a cena, ele caído de bruços ou de costas, o **prazer turbado**, a dança interrompida... e dali podia ser que não; um pouco de espanto apenas, outro de susto, os homens animando as damas, a orquestra continuando por instantes a oposição do compasso e da confusão. Não faltariam braços que o levassem para um gabinete, já morto, totalmente morto.

"Tal qual a morte de César", ia dizendo consigo.

E logo emendou:

"Não, melhor que ela; sem ameaça, nem armas, nem sangue, uma simples queda e o fim. Não sentiria nada."

Cordovil deu consigo a rir ou a sorrir, alguma coisa que afastava o terror e deixava a sensação da liberdade. Em verdade, antes a morte assim que após longos dias ou longos meses e anos, como o adversário que perdera algumas horas antes. Nem era morrer; era um **gesto de chapéu**, que se perdia no ar com a própria mão e a alma que lhe dera movimento. Um cochilo e o sono eterno. Achava-lhe um só defeito, — o **aparato**. Essa morte no meio de um baile, defronte do Imperador, ao som de **Strauss**, contada, pintada, enfeitada nas **folhas públicas**, essa morte pareceria de encomenda. Paciência, uma vez que fosse repentina.

Também pensou que podia ser na Câmara, no dia seguinte, ao começar o debate do orçamento. Tinha a palavra; já andava cheio de algarismos e citações. Não quis imaginar o caso, não valia a pena; mas o caso teimou e apareceu de si mesmo. O salão da Câmara, em vez do do Cassino, sem damas ou com poucas, nas tribunas. Vasto silêncio. Cordovil em pé começaria o discurso, depois de circular os olhos pela casa, fitar o ministro e fitar o presidente: "**Releve-me** a Câmara que lhe tome algum tempo, serei breve, buscarei ser justo..." Aqui uma nuvem lhe taparia os olhos, a língua pararia, o coração também, e ele cairia de golpe no chão.

Prazer turbado: o prazer dos outros prejudicado.

Gesto de chapéu: como se fosse um gesto de despedida feito com o chapéu.

Aparato: ostentação, espetáculo.

Strauss: famoso compositor vienense (1825-1899), cujas valsas eram muito apreciadas nos bailes elegantes.

Folhas públicas: jornais.

Releve-me: permita-me.

Câmara, galerias, tribunas ficariam assombradas. Muitos deputados correriam a erguê-lo; um, que era médico, verificaria a morte; não diria que fora de repente, como o do sobradinho do Aterrado, mas por outro estilo mais técnico. Os trabalhos seriam suspensos, depois de algumas palavras do presidente e escolha da comissão que acompanharia o finado ao cemitério...

Cordovil quis rir da circunstância de imaginar além da morte, o movimento e o **saimento**, as próprias notícias dos jornais, que ele leu de cor e depressa. Quis rir, mas preferia cochilar; os olhos é que, estando já perto de casa e da cama, não quiseram desperdiçar o sono, e ficaram arregalados.

Então a morte, que ele imaginara pudesse ter sido no baile, antes de sair, ou no dia seguinte em plena sessão da Câmara, apareceu ali mesmo no carro. Supôs ele que, ao abrirem-lhe a portinhola, dessem com o seu cadáver. Sairia assim de uma noite ruidosa para outra pacífica, sem conversas, nem danças, nem encontros, sem espécie alguma de luta ou resistência. O **estremeção** que teve fez-lhe ver que não era verdade. Efetivamente, o carro entrou na chácara, estacou, e Domingos saltou da almofada para vir abrir-lhe a portinhola. Cordovil desceu com as pernas e a alma vivas, e entrou pela porta lateral, onde o aguardava com um castiçal e vela acesa o escravo Florindo. Subiu a escada, e os pés sentiam que os degraus eram deste mundo; se fossem do outro, desceriam naturalmente. Em cima, ao entrar no quarto, olhou para a cama; era a mesma dos sonos quietos e demorados.

— Veio alguém?

— Não, senhor — respondeu o escravo distraído, mas corrigiu logo — Veio, sim, senhor; veio aquele doutor que almoçou com meu senhor domingo passado.

— Queria alguma coisa?

— Disse que vinha dar a meu senhor uma boa notícia, e deixou este bilhete que eu botei ao pé da cama.

O bilhete referia a morte do inimigo; era de um dos amigos que usavam contar-lhe a marcha da moléstia.

Saimento: funeral.

Estremeção: estremecimento, tremor.

Quis ser o primeiro a anunciar o desenlace, um alegrão, com um abraço apertado. Enfim, morrera o patife. Não disse a coisa assim por esses termos claros, mas os que empregou vinham a dar neles, acrescendo que não atribuiu esse único objeto à visita. Vinha passar a noite; só ali soube que Cordovil fora ao Cassino. Ia a sair, quando lhe lembrou a morte e pediu ao Florindo que lhe deixasse escrever duas linhas. Cordovil entendeu o significado, e ainda uma vez lhe doeu a agonia do outro. Fez um gesto de melancolia e exclamou a meia voz:

— Coitado! Vivam as mortes súbitas!

Florindo, se referisse o gesto e a frase ao doutor do bilhete, talvez o fizesse arrepender da canseira. Nem pensou nisso; ajudou o senhor a preparar-se para dormir, ouviu as últimas ordens e despediu-se. Cordovil deitou-se.

— Ah! — suspirou ele estirando o corpo cansado.

Teve então uma ideia, a de amanhecer morto. Esta hipótese, a melhor de todas, porque o apanharia meio morto, trouxe consigo mil fantasias que lhe **arredaram** o sono dos olhos. Em parte, era a repetição das outras, a participação à Câmara, as palavras do presidente, comissão para o saimento, e o resto. Ouviu lástimas de amigos e de **fâmulos**, viu notícias impressas, todas lisonjeiras ou justas. Chegou a desconfiar que era já sonho. Não era. Chamou-se ao quarto, à cama, a si mesmo: estava acordado.

A lamparina deu melhor corpo à realidade. Cordovil espantou as ideias fúnebres e esperou que as alegres tomassem conta dele e dançassem até cansá-lo. Tentou vencer uma visão com outra. Fez até uma coisa **engenhosa**, convocou os cinco sentidos, porque a memória de todos eles era aguda e fresca; foi assim evocando lances e **rasgos** longamente extintos. Gestos, cenas de sociedade e de família, panoramas, repassou muita coisa vista, com o aspecto do tempo diverso e remoto. Deixara de comer **acepipes que outra vez lhe sabiam**, como se estivesse agora a mastigá-los. Os ouvidos escutavam passos leves e pesados, cantos joviais

Arredaram: afastaram.

Fâmulos: empregados.

Engenhosa: criativa.

Rasgos: atitudes.

Acepipes que outra vez lhe sabiam: comidas apetitosas que novamente achava deliciosas.

e tristes, e palavra de todos os feitios. O tato, o olfato, todos fizeram o seu ofício, durante um prazo que ele não calculou.

Cuidou de dormir e cerrou bem os olhos. Não pôde, nem do lado direito, nem do esquerdo, de costas nem de bruços. Ergueu-se e foi ao relógio; eram três horas. Insensivelmente levou-o à orelha a ver se estava parado; estava andando, dera-lhe corda. Sim, tinha tempo de dormir um bom sono; deitou-se, cobriu a cabeça para não ver a luz.

Ah! foi então que o sono tentou entrar, calado e surdo, todo cautelas, como seria a morte, se quisesse levá-lo de repente, para nunca mais. Cordovil cerrou os olhos com força, e fez mal, porque a força acentuou a vontade que tinha de dormir; cuidou de os afrouxar, e fez bem. O sono, que ia a recuar, tornou atrás, e veio estirar-se ao lado deles, passando-lhe aqueles braços leves e pesados, a um tempo, que tiram à pessoa todo movimento. Cordovil os sentia, e com os seus quis conchegá-los ainda mais... A **imagem** não é boa, mas não tenho outra à mão nem tempo de ir buscá-la. Digo só o resultado do gesto, que foi arredar o sono de si, tão aborrecido ficou este reformador de cansados.

— Que terá ele hoje contra mim? — perguntaria o sono, se falasse.

Tu sabes que ele é mudo por essência. Quando parece que fala é o sonho que abre a boca à pessoa; ele não, ele é a pedra, e ainda a pedra fala, se lhe batem, como estão fazendo agora os **calceteiros** da minha rua. Cada pancada acorda na pedra um som, e a regularidade do gesto torna aquele som tão pontual que parece a alma de um relógio. Vozes de conversa ou de **pregão**, rodas de carro, passos de gente, uma janela batida pelo vento, nada dessas coisas que ora ouço, animava então a rua e a noite de Cordovil. Tudo era propício ao sono.

Cordovil ia finalmente dormir, quando a ideia de amanhecer morto apareceu outra vez. O sono recuou e fugiu. Esta alternativa durou muito tempo. Sempre que o sono ia a grudar-lhe os olhos, a lembrança da morte

---

Imagem: essa linguagem figurada.

Calceteiros: trabalhador especializado em calçar ruas com pedras ou paralelepípedo. Esse trabalho, até a Lei Áurea, (1888), era geralmente feito por homens escravizados.

Pregão: anúncio de mercadorias em voz alta feito por vendedores ambulantes.

os abria, até que ele sacudiu o lençol e saiu da cama. Abriu uma janela e encostou-se ao peitoril. O céu queria clarear, alguns vultos iam passando na rua, trabalhadores e mercadores que desciam para o centro da cidade. Cordovil sentiu um arrepio; não sabendo se era frio ou medo, foi vestir um camisão de chita, e voltou para a janela. Parece que era frio, porque não sentia mais nada.

A gente continuava a passar, o céu a clarear, um assobio da estrada de ferro deu sinal de trem que ia partir. Homens e coisas vinham do descanso, o céu fazia economia de estrelas, apagando-as à medida que o sol ia chegando para o seu ofício. Tudo dava ideia de vida. Naturalmente a ideia da morte foi recuando e desapareceu de todo, enquanto o nosso homem, que suspirou por ela no Cassino, que a desejou para o dia seguinte na Câmara dos Deputados, que a encarou no carro, voltou-lhe as costas quando a viu entrar com o sono, seu irmão mais velho, — ou mais moço, não sei.

Quando veio a falecer, muitos anos depois, pediu e teve a morte, não súbita, mas vagarosa, a morte de um vinho filtrado, que sai impuro de uma garrafa para entrar purificado em outra; a **borra** iria para o cemitério. Agora é que lhe via a filosofia; em ambas as garrafas era sempre o vinho que ia ficando, até passar inteiro e pingado para a segunda. Morte súbita não acabava de entender o que era.

Borra (ô): **resto de líquido que fica no fundo da garrafa depois que o conteúdo foi filtrado.**

UM CAPITÃO DE VOLUNTÁRIOS

Indo a embarcar para a Europa, logo depois da proclamação da República, Simão de Castro fez inventário das cartas e apontamentos; rasgou tudo. Só lhe ficou a narração que ides ler; entregou-a a um amigo para imprimi-la **quando ele estivesse barra fora**. O amigo não cumpriu a recomendação por achar na história alguma coisa que **podia ser penosa**, e assim **lho disse** em carta. Simão respondeu que **estava por tudo o que quisesse**; não tendo vaidades literárias, **pouco se lhe dava** de vir ou não a público. Agora que os dois faleceram, e não há igual escrúpulo, dá-se o manuscrito ao prelo*.

Éramos** dois, elas duas. Os dois íamos ali por visita, costume, **desfastio**, e finalmente por amizade. Fiquei amigo do dono da casa, ele meu amigo. Às tardes, sobre o jantar, — jantava-se cedo em 1866, — ia ali fumar um charuto. O sol ainda entrava pela janela, onde se via um morro com casas em cima. A janela oposta dava para o mar. Não digo a rua nem o bairro; a cidade posso dizer que era o Rio de Janeiro. Ocultarei o nome do meu amigo; ponhamos uma letra, X... Ela, uma delas, chamava-se Maria.

Quando eu entrava, já ele estava na cadeira de balanço. Os móveis da sala eram poucos, os ornatos raros, tudo simples. X... estendia-me a mão larga e forte; eu ia sentar-me ao pé da janela, olho na sala, olho na rua. Maria, ou já estava ou vinha de dentro. Éramos nada um para o outro; ligava-nos unicamente a afeição de X... Conversávamos; eu saía para casa ou ia passear, eles ficavam e iam dormir. Algumas vezes jogávamos cartas, às noites, e, para o fim do tempo, era ali que eu passava a maior parte destas.

Tudo em X... me dominava. A figura primeiro. Ele robusto, eu franzino; a minha graça feminina, débil, desaparecia ao pé do garbo varonil dele, dos seus ombros

---

Quando ele estivesse barra fora: quando o navio que o levava já estivesse longe da entrada da baía.

Podia ser penosa: podia causar sofrimento.

Lho disse: construção que equivale a "lhe disse isso". A junção dos pronomes lhe + o é tipicamente lusitana e pode ser feita com outros pronomes, como lha (lhe + a), lhos (lhe + os), mo (me + o), mos (me + os) etc. Ao longo do conto, há outros exemplos dessa construção.

Estava por tudo o que quisesse: que fizesse o que achasse melhor.

Pouco se lhe dava: pouco lhe importava.

* Observe que esse parágrafo inicial passa ao leitor a ideia de que a história que vai ser contada é a reprodução de um manuscrito deixado por um homem (Simão de Castro) que, indo embora do Brasil, pediu que o amigo só o publicasse quando ele estivesse longe. Por que tanto mistério sobre esse manuscrito? Usando esse recurso, o autor prende a atenção do leitor desde o início.

** Observe que a partir deste parágrafo começa a narração em 1ª pessoa. O narrador é a personagem Simão.

Desfastio: entretenimento.

largos, cadeiras largas, **jarrete** forte e o pé sólido que, andando, batia rijo no chão. Dai-me um bigode escasso e fino; vede nele as **suíças** longas, espessas e encaracoladas, e um dos seus gestos habituais, pensando ou escutando, era passar os dedos por elas, encaracolando-as sempre. Os olhos completavam a figura, não só por serem grandes e belos, mas porque riam mais e melhor que a boca. Depois da figura, a idade; X... era homem de quarenta anos, eu não passava dos vinte e quatro. Depois da idade, a vida; ele vivera muito, em outro meio, donde saíra a **encafuar-se** naquela casa, com aquela senhora, eu não vivera nada nem com pessoa alguma. Enfim, — e este **rasgo** é capital, — havia nele uma **fibra** castelhana, uma gota do sangue que circula nas páginas de **Calderón**, uma atitude moral que posso comparar, sem depressão nem riso, à do **herói de Cervantes**.

Como se tinham amado? Datava de longe. Maria contava já vinte e sete anos, e parecia haver recebido alguma educação. Ouvi que o primeiro encontro fora em um baile de máscaras, no antigo Teatro Provisório. Ela trajava uma saia curta, e dançava ao som de um pandeiro. Tinha os pés admiráveis, e foram eles ou o seu destino a causa do amor de X... Nunca lhe perguntei a origem da aliança; sei só que ela tinha uma filha, que estava no colégio e não vinha à casa; a mãe é que ia vê-la. Verdadeiramente as nossas relações eram respeitosas, e o respeito ia ao ponto de aceitar a situação sem a examinar.

Quando comecei a ir ali, não tinha ainda o emprego no banco. Só dois ou três meses depois é que entrei para este, e não interrompi as relações*. Maria tocava piano; às vezes, ela e a amiga Raimunda conseguiam arrastar X... ao teatro; eu ia com eles. No fim, tomávamos chá em sala particular, e, uma ou outra vez, **se havia lua**, acabávamos a noite indo de **carro** a Botafogo.

A estas festas não ia Barreto, que só mais tarde começou a frequentar a casa. Entretanto, era bom companheiro, alegre e rumoroso. Uma noite, como saíssemos de lá, encaminhou a conversa para as duas mulheres, e convidou-me a namorá-las.

Jarrete: parte de trás dos joelhos.

Suíças: barba que se deixa crescer nos lados da face, das orelhas até perto da boca.

Encafuar-se: viver fechado.

Rasgo: característica.

Fibra: vigor.

Calderón (1600-1681): famoso dramaturgo espanhol.

Herói de Cervantes: alusão a D. Quixote, personagem central do livro do mesmo nome, do escritor espanhol Miguel de Cervantes (1547-1616).

* Observe que trabalhar num banco elevou o *status* social de Simão. Mas ainda assim ele continuou a frequentar a casa do amigo, o que indica que o outro tinha uma condição social inferior.

Se havia lua: se fosse noite de luar.

Carro: veículo de transporte puxado por animal.

— Tu escolhes uma, Simão, eu outra.

Estremeci e parei.

— Ou antes, eu já escolhi — continuou ele —; escolhi a Raimunda. Gosto muito da Raimunda. Tu, escolhe a outra.

— A Maria?

— Pois que outra há de ser?

O alvoroço que me deu este tentador foi tal que não achei palavra de recusa, nem palavra nem gesto. Tudo me pareceu natural e necessário*. Sim, concordei em escolher Maria; era mais velha que eu três anos, mas tinha a idade conveniente para ensinar-me a amar. Está dito, Maria. **Deitamo-nos** às duas conquistas com ardor e **tenacidade**. Barreto não tinha que vencer muito; a eleita dele não trazia amores, mas até pouco antes padecera de uns que rompera contra a vontade, indo o amante casar com uma moça de Minas. Depressa se deixou consolar. Barreto um dia, estando eu a almoçar, veio anunciar-me que recebera uma carta dela, e mostrou-ma.

— Estão entendidos?

— Estamos. E vocês?

— Eu não.

— Então quando?

— Deixa ver; eu te digo.

Naquele dia fiquei meio **vexado**. Com efeito, apesar da melhor vontade deste mundo, não me atrevia a dizer a Maria os meus sentimentos. Não suponhas que era nenhuma paixão. Não tinha paixão, mas curiosidade. Quando a via esbelta e fresca, toda calor e vida, sentia-me tomado de uma força nova e misteriosa; mas, por um lado, não amara nunca, e, por outro, Maria era a companheira de meu amigo. Digo isto, não para explicar escrúpulos, mas unicamente para fazer compreender o meu acanhamento. Viviam juntos desde alguns anos, um para o outro. X... tinha confiança em mim, confiança absoluta, comunicava-me os seus negócios, contava-me coisas da vida passada. Apesar da desproporção da idade, éramos como estudantes do mesmo ano.

---

* Observe que não se trata de paixão ou de amor, apenas cálculo. Não há nada de romântico nessa decisão dos dois amigos de tentarem conquistar as mulheres.

Deitamo-nos: entregamo-nos.

Tenacidade: força e persistência.

Vexado: envergonhado.

Como entrasse a pensar mais constantemente em Maria, é provável que por algum gesto lhe houvesse descoberto o meu recente estado; certo é que, um dia, ao apertar-lhe a mão, senti que os dedos dela se demoravam mais entre os meus. Dois dias depois, indo ao correio, encontrei-a selando uma carta para a Bahia. Ainda não disse que era baiana? Era baiana. Ela é que me viu primeiro e me falou. Ajudei-lhe a pôr o selo e despedimo-nos. À porta ia a dizer alguma coisa, quando vi ante nós, parada, a figura de X...

— Vim trazer a carta para mamãe — apressou-se ela em dizer*.

Despediu-se de nós e foi para casa; ele e eu tomamos outro rumo. X... aproveitou a ocasião para fazer muitos elogios de Maria. Sem entrar em minudências acerca da origem das relações, assegurou-me que fora uma grande paixão igual em ambos, e concluiu que tinha a vida feita.

— Já agora não me caso; **vivo maritalmente com ela**, morrerei com ela. Tenho uma só pena; é ser obrigado a viver separado de minha mãe. Minha mãe sabe — disse-me ele parando. E continuou andando — sabe, e até já me fez uma alusão muito vaga e remota, mas que eu percebi. Consta-me que não desaprova; sabe que Maria é séria e boa, e uma vez que eu seja feliz, não exige mais nada. O casamento não me daria mais que isto...

Disse muitas outras coisas, que eu fui ouvindo sem saber de mim; o coração batia-me rijo, e as pernas andavam frouxas. Não atinava com resposta idônea; alguma palavra que soltava, saía-me engasgada. Ao cabo de algum tempo, ele notou o meu estado e interpretou-o erradamente; supôs que as suas confidências me aborreciam, e disse-mo rindo. Contestei sério:

— Ao contrário, ouço com interesse, e trata-se de pessoas de toda a consideração e respeito.

Penso agora que cedia inconscientemente a uma necessidade de **hipocrisia**. A idade das paixões é confusa, e naquela situação não posso **discernir** bem os

---

* Por que Maria "apressou-se"? Ela temia alguma coisa?

Vivo maritalmente com ela: os dois viviam como marido e mulher, embora não fossem casados oficialmente.

Hipocrisia: falsidade, fingimento.

Discernir: distinguir.

Aterrado: com medo.

Casta e conjugal: moralmente séria e fiel.

Prendas: belezas.

Difusa: longa e pouco clara.

Sobre: após.

Ave-marias: orações católicas costumeiramente feitas ao entardecer, por volta das 18 horas.

Anojada: desgostosa, entristecida.

Guerra: alusão à guerra travada pelo Paraguai contra a tríplice aliança formada por Brasil, Argentina e Uruguai. Durou de 1864 a 1870 e fez milhares de vítimas, principalmente de paraguaios, que foram vencidos.

* Maria e X viviam juntos mas não eram casados. Por isso, ele desaconselhou-a de seguir adiante com a ideia de fazer uma lista de donativos, pois ficaria exposta às críticas da sociedade, que não aceitava esse tipo de convivência de duas pessoas.

López tomou o Marquês de Olinda: Solano Lopez (1827-1870) era o presidente do Paraguai. O Marquês de Olinda era um navio mercante brasileiro apreendido pelos paraguaios. Esse episódio marcou o início das hostilidades que culminaram na guerra.

sentimentos e suas causas. Entretanto, não é fora de propósito que buscasse dissipar no ânimo de X... qualquer possível desconfiança. A verdade é que ele me ouviu agradecido. Os seus grandes olhos de criança envolveram-me todo, e quando nos despedimos, apertou-me a mão com energia. Creio até que lhe ouvi dizer: "Obrigado!"

Não me separei dele **aterrado**, nem ferido de remorsos prévios. A primeira impressão da confidência esvaiu-se, ficou só a confidência, e senti crescer-me o alvoroço da curiosidade. X... falara-me de Maria como de pessoa **casta e conjugal**; nenhuma alusão às suas **prendas** físicas, mas a minha idade dispensava qualquer referência direta. Agora, na rua, via de cor a figura da moça, os seus gestos igualmente lânguidos e robustos, e cada vez me sentia mais fora de mim. Em casa escrevi-lhe uma carta longa e **difusa**, que rasguei meia hora depois, e fui jantar. **Sobre** o jantar fui à casa de X...

Eram **ave-marias**. Ele estava na cadeira de balanço, eu sentei-me no lugar do costume, olho na sala, olho no morro. Maria apareceu tarde, depois das horas, e tão **anojada** que não tomou parte na conversação. Sentou-se e cochilou; depois tocou um pouco de piano e saiu da sala.

— Maria acordou hoje com a mania de colher donativos para a **guerra** — disse-me ele. — Já lhe fiz notar que nem todos quererão parecer que... Você sabe... A posição dela*... Felizmente, a ideia há de passar; tem dessas fantasias...

— E por que não?

— Ora, porque não! E depois, a guerra do Paraguai, não digo que não seja como todas as guerras, mas, palavra, não me entusiasma. A princípio, sim, quando o **López tomou o Marquês de Olinda**, fiquei indignado; logo depois perdi a impressão, e agora, francamente, acho que tínhamos feito muito melhor se nos aliássemos ao López contra os argentinos.

— Eu não. Prefiro os argentinos.

— Também gosto deles, mas, no interesse da nossa gente, era melhor ficar com o López.

— Não; olhe, eu estive quase a alistar-me como voluntário da pátria.

— Eu, nem que me fizessem coronel, não me alistava.

Ele disse não sei que mais. Eu, como tinha a orelha afiada, à escuta dos pés de Maria, não respondi logo, nem claro, nem seguido; fui **engrolando** alguma palavra e sempre à escuta. Mas o diabo da moça não vinha; imaginei que estariam **arrufados**. Enfim, propus cartas, podíamos jogar uma partida de **voltarete.**

— Podemos — disse ele.

Passamos ao gabinete. X... pôs as cartas na mesa e foi chamar a amiga. Dali ouvi algumas frases sussurradas, mas só estas me chegaram claras:

— Vem! É só meia hora.

— Que **maçada**! Estou doente.

Maria apareceu no gabinete, bocejando. Disse-me que era só meia hora; tinha dormido mal, doía-lhe a cabeça e contava deitar-se cedo. Sentou-se **enfastiada**, e começamos a partida. Eu arrependia-me de haver rasgado a carta; lembrava-me alguns trechos dela, que diriam bem o meu estado, com o **calor** necessário a persuadi-la. Se a tenho conservado, entregava-lhe agora; ela ia muita vez ao patamar da escada despedir-se de mim e fechar a **cancela**. Nessa ocasião podia dar-lha; era uma solução da minha crise.

Ao cabo de alguns minutos, X... levantou-se para ir buscar tabaco de uma caixa de folha-de-flandres, posta sobre a secretária. Maria fez então um gesto que **não sei como diga nem pinte**. Ergueu as cartas à altura dos olhos para os tapar, voltou-os para mim que lhe ficava à esquerda, e arregalou-os tanto e com tal **fogo** e atração, que não sei como não entrei por eles. Tudo foi rápido. Quando ele voltou fazendo um cigarro, Maria tinha as cartas embaixo dos olhos, abertas em leque, fitando-as como se calculasse. Eu devia estar trêmulo;

Engrolando: falando de forma meio confusa, distraída.

Arrufados: brigados.

Voltarete: jogo de cartas muito comum no século XIX.

Maçada: chateação.

Enfastiada: aborrecida, sem ânimo.

Calor: intensidade.

Cancela: portão gradeado, geralmente de madeira.

Ao cabo de: ao fim de.

Não sei como diga nem pinte: que não sei como descrever.

Fogo: intensidade, paixão.

não obstante, calculava também, com a diferença de não poder falar. Ela disse então **com placidez** uma das palavras do jogo, passo ou licença.

Jogamos cerca de uma hora. Maria, para o fim, cochilava literalmente, e foi o próprio X... que lhe disse que era melhor ir descansar. Despedi-me e passei ao corredor, onde tinha o chapéu e a bengala. Maria, à porta da sala, esperava que eu saísse e acompanhou-me até à cancela, para fechá-la. Antes que eu descesse, lançou-me um dos braços ao pescoço, chegou-me a si, colou-me os lábios nos lábios, onde eles me depositaram um beijo grande, rápido e surdo. Na mão senti alguma coisa.

— Boa noite — disse Maria fechando a cancela.

Não sei como não caí. Desci atordoado, com o beijo na boca, os olhos nos dela, e a mão apertando instintivamente um objeto. Cuidei de me pôr longe. Na primeira rua, corri a um lampião, para ver o que trazia. Era um cartão de loja de fazendas, um anúncio, com isto escrito nas costas, a lápis: "Espere-me amanhã, na ponte das barcas de Niterói, a uma hora da tarde".

O meu alvoroço foi tamanho que durante os primeiros minutos não soube absolutamente o que fiz. Em verdade, as emoções eram demasiado grandes e numerosas, e tão de perto seguidas que eu mal podia saber de mim. Andei até ao Largo de S. Francisco de Paula. Tornei a ler o cartão; **arrepiei caminho**, novamente parei, e uma patrulha que estava perto talvez desconfiou dos meus gestos. Felizmente, a respeito da comoção, tinha fome e fui cear ao Hotel dos Príncipes. Não dormi antes da madrugada; às seis horas estava em pé. A manhã foi lenta como as agonias lentas. Dez minutos antes de uma hora cheguei à ponte; já lá achei Maria, envolvida numa capa, e com um véu azul no rosto. Ia sair uma barca, entramos nela.

O mar acolheu-nos bem. A hora era de poucos passageiros. Havia movimento de lanchas, de aves, e o céu luminoso parecia cantar a nossa primeira **entrevista**.

Com placidez: **com calma. Observe que Maria tem autocontrole e disfarça bem a situação, melhor que Simão.**

Arrepiei caminho: **voltei atrás.**

Entrevista: **encontro.**

O que dissemos foi tão **de atropelo** e confusão que não me ficou mais de meia dúzia de palavras, e delas nenhuma foi o nome de X... ou qualquer referência a ele. Sentíamos ambos que traíamos, eu o meu amigo, ela o seu amigo e protetor. Mas, ainda que o não sentíssemos, não é provável que falássemos dele, tão pouco era o tempo para o nosso infinito. Maria apareceu-me então como nunca a vi nem suspeitara falando de mim e de si, com a ternura possível naquele lugar público, mas toda a possível, não menos. As nossas mãos colavam-se, os nossos olhos comiam-se, e os corações batiam provavelmente ao mesmo compasso rápido e rápido. Pelo menos foi a sensação com que me separei dela, após a **viagem redonda** a Niterói e S. Domingos. Convidei-a a desembarcar em ambos os pontos, mas recusou; na volta, lembrei-lhe que nos metêssemos numa **caleça** fechada: "Que ideia faria de mim?" — perguntou-me com gesto de pudor que a transfigurou. E despedimo-nos com prazo dado, jurando-lhe que eu não deixaria de ir vê-los, à noite, como de costume.

Como eu não tomei da pena para narrar a minha felicidade, deixo a parte deliciosa da aventura, com as suas entrevistas, cartas e palavras, e mais os sonhos e esperanças, as infinitas saudades e os renascentes desejos. Tais aventuras são como os **almanaques**, que, com todas as suas mudanças, hão de trazer os mesmos dias e meses, com os seus eternos nomes e santos. O nosso almanaque apenas durou um trimestre, sem quartos minguantes nem ocasos de sol. Maria era um modelo de graças finas, toda vida, toda movimento. Era baiana, como disse, fora educada no Rio Grande do Sul, na **campanha**, perto da fronteira. Quando lhe falei do seu primeiro encontro com X... no Teatro Provisório, dançando ao som de um pandeiro, disse-me que era verdade, fora ali vestida à castelhana e de máscara; e, como eu lhe pedisse a mesma coisa, menos a máscara, ou um simples **lundu** nosso, respondeu-me como quem recusa um perigo:

De atropelo: desordenado.

Viagem redonda: eles voltaram ao ponto onde tinham embarcado.

Caleça: tipo de carruagem descoberta na frente, de quatro rodas e dois assentos, puxada por dois cavalos.

Como eu não tomei da pena: como não estou escrevendo.

Almanaques: tipo de calendário com os meses do ano, informações sobre fases da lua, dias santos, feriados etc.

Campanha: no campo.

Lundu: tipo de dança sensual, muito popular na época.

— Você poderia ficar doido.

— Mas X... não ficou doido.

— Ainda hoje não está no seu juízo — replicou Maria rindo. — Imagina que eu fazia isto só...

E em pé, num maneio rápido, deu uma volta ao corpo, que me fez ferver o sangue.

O trimestre acabou depressa, como os trimestres **daquela casta**. Maria faltou um dia à entrevista. Era tão pontual que fiquei tonto quando vi passar a hora. Cinco, dez, quinze minutos; depois vinte, depois trinta, depois quarenta... Não digo as vezes que andei de um lado para outro, na sala, no corredor, à espreita e à escuta, até que de todo passou a possibilidade de vir. Poupo a notícia do meu desespero, o tempo que rolei no chão, falando, gritando ou chorando. Quando cansei, escrevi-lhe uma longa carta; esperei que me escrevesse também, explicando a falta. Não mandei a carta, e à noite fui à casa deles.

Maria pôde explicar-me a falta pelo receio de ser vista e acompanhada por alguém que a perseguia desde algum tempo. Com efeito, haviam-me já falado em não sei que vizinho que a cortejava **com instância**; uma vez disse-me que ele a seguira até à porta da minha casa. Acreditei na razão, e propus-lhe outro lugar de encontro, mas não lhe pareceu conveniente. Desta vez achou melhor suspendermos as nossas entrevistas, até fazer calar as suspeitas. Não sairia de casa. Não compreendi então que a principal verdade era ter cessado nela o **ardor** dos primeiros dias. Maria era outra, principalmente outra. E não podes imaginar o que vinha a ser essa bela criatura, que tinha em si o fogo e o gelo, e era mais quente e mais fria que ninguém.

Quando me entrou a convicção de que tudo estava acabado, resolvi não voltar lá, mas nem por isso perdia a esperança; era para mim questão de esforço. A imaginação, que torna presentes os dias passados, fazia-me crer facilmente na possibilidade de restaurar

---

Daquela casta: daquele tipo.

Com instância: com insistência.

Ardor: entusiasmo. Simão não estava percebendo que Maria estava se desinteressando por ele.

as primeiras semanas. Ao cabo de cinco dias, voltei; não podia viver sem ela.

X... recebeu-me com o seu grande riso infante, os olhos puros, a mão forte e sincera; perguntou a razão da minha ausência. Aleguei uma febrezinha, e, para explicar o **enfadamento** que eu não podia vencer, disse que ainda me doía a cabeça. Maria compreendeu tudo; nem por isso se mostrou meiga ou **compassiva**, e, à minha saída, não foi até ao corredor, como de costume.

Tudo isto dobrou a minha angústia. A ideia de morrer entrou a passar-me pela cabeça; e, por uma simetria romântica*, pensei em meter-me na barca de Niterói, que primeiro acolheu os nossos amores, e, no meio da baía, atirar-me ao mar. Não iniciei tal plano nem outro. Tendo encontrado casualmente o meu amigo Barreto, não vacilei em lhe dizer tudo; precisava de alguém **para falar comigo mesmo**. No fim pedi-lhe segredo; devia pedir-lhe especialmente que não contasse nada a Raimunda. **Nessa mesma noite ela soube tudo**. Raimunda era um espírito aventureiro, amigo de **entrepresas** e novidades. **Não se lhe dava**, talvez, de mim nem da outra, mas viu naquilo um lance, uma ocupação, e cuidou em reconciliar-nos; foi o que eu soube depois, e **é o que dá lugar a este papel**.

Falou-lhe uma e mais vezes. Maria quis negar a princípio, acabou confessando tudo, dizendo-se arrependida da **cabeçada que dera**. Usaria provavelmente de **circunlóquios** e sinônimos, frases vagas e truncadas, alguma vez empregaria só gestos. **O texto que aí fica** é o da própria Raimunda, que me mandou chamar à casa dela e me referiu todos os seus esforços, contente de si mesma.

— Mas não perca as esperanças — concluiu — eu disse-lhe que o senhor era capaz de matar-se.

— E sou.

— Pois não se mate por ora; espere**.

No dia seguinte vi nos jornais uma lista de cidadãos que, na véspera, tinham ido ao quartel-general

---

Enfadamento: mal-estar.

Compassiva: que demonstra compaixão.

* Observe a ironia com relação às histórias românticas em que o apaixonado não suporta a rejeição da pessoa amada e procura a morte.

Para falar comigo mesmo: abrir-se com um amigo era como falar sozinho em voz alta para desabafar.

Nessa mesma noite ela soube tudo: o amigo não sabia guardar segredo e foi correndo contar tudo à amante.

Entrepresas: iniciativas para resolver logo um problema.

Não se lhe dava: não estava realmente preocupada.

É o que dá lugar a este papel: é o que motivou este depoimento.

Cabeçada que dera: erro que cometera.

Circunlóquios: jeito indireto de falar.

O texto que aí fica: o texto (diálogo) apresentado a seguir.

** Observe que o diálogo, e o próprio caso de amor de Simão e Maria, vai ganhando um tom engraçado, como uma espécie de sátira das histórias de amor românticas.

apresentar-se como **voluntários da pátria**, e nela o nome de X..., com o posto de capitão. Não acreditei logo; mas eram os mesmos, na mesma ordem, e uma das folhas fazia referências à família de X..., ao pai, que fora oficial de marinha, e à figura esbelta e varonil do novo capitão; era ele mesmo.

A minha primeira impressão foi de prazer; íamos ficar sós. Ela não iria de **vivandeira** para o Sul. Depois, lembrou-me o que ele me disse acerca da guerra, e achei estranho o seu alistamento de voluntário, ainda que o amor dos atos generosos e a nota cavalheiresca do espírito de X... pudessem explicá-lo. Nem de coronel iria, disse-me, e agora aceitava o posto de capitão. Enfim, Maria; como é que ele, que tanto lhe queria, ia separar-se dela repentinamente, sem paixão forte que o levasse à guerra?

Havia três semanas que eu não ia à casa deles. A notícia do alistamento justificava a minha visita imediata e dispensava-me de explicações. Almocei e fui. Compus um rosto ajustado à situação e entrei. X... veio à sala, depois de alguns minutos de espera. A cara desdizia das palavras; estas queriam ser alegres e leves, aquela era fechada e **torva**, além de pálida. Estendeu-me a mão, dizendo:

— Então, vem ver o capitão de voluntários?

— Venho ouvir o desmentido.

— Que desmentido? É pura verdade. Não sei como isto foi, creio que as últimas notícias... Você por que não vem comigo?

— Mas então é verdade?

— É.

Após alguns instantes de silêncio, meio sincero, por não saber realmente que dissesse, meio calculado, para persuadi-lo da minha **consternação**, murmurei que era melhor não ir, e falei-lhe na mãe. X... respondeu-me que a mãe aprovava; era viúva de militar. Fazia esforços para sorrir, mas a cara continuava a ser de pedra. Os olhos buscavam desviar-se, e geralmente não fitavam bem nem longo. Não conversamos muito; ele ergueu-se,

---

Voluntários da pátria: grupo de voluntários que se ofereciam para combater na guerra do Paraguai.

Vivandeira: mulher que acompanha soldados em marcha e fornece ou vende alimentos, bebidas.

Torva: sombria.

Consternação: tristeza, desolação.

alegando que ia liquidar um negócio, e pediu-me que voltasse a vê-lo. À porta, disse-me com algum esforço:

— Venha jantar um dia destes, antes da minha partida.

— Sim.

— Olhe, venha jantar amanhã.

— Amanhã?

— Ou hoje, se quiser.

— Amanhã.

Quis deixar lembranças a Maria; era natural e necessário, mas faltou-me o ânimo. Embaixo arrependi-me de o não ter feito. Recapitulei a conversação, achei-me **atado** e incerto; ele pareceu-me, além de frio, **sobranceiro**. Vagamente, senti alguma coisa mais. O seu aperto de mão tanto à entrada, como à saída, não me dera a sensação do costume*.

Na noite desse dia, Barreto veio ter comigo, atordoado com a notícia da manhã, e perguntando-me o que sabia; disse-lhe que nada. Contei-lhe a minha visita da manhã, a nossa conversação, sem as minhas suspeitas.

— Pode ser engano — disse ele, depois de um instante.

— Engano?

— Raimunda contou-me hoje que falara a Maria, que esta negara tudo a princípio, depois confessara, e recusara reatar as relações com você.

— Já sei.

— Sim, mas parece que da terceira vez foram pressentidas e ouvidas por ele, que estava na saleta ao pé. Maria correu a contar a Raimunda que ele mudara inteiramente; esta dispôs-se a sondá-lo, eu opus-me, até que li a notícia nos jornais. Vi-o na rua, andando: não tinha aquele gesto sereno de costume, mas o passo era forte.

Fiquei **aturdido** com a notícia, que confirmava a minha impressão. Nem por isso deixei de ir lá jantar no dia seguinte. Barreto quis ir também; percebi que era com o fim único de estar comigo, e recusei.

X... não dissera nada a Maria; achei-os na sala, e não me lembro de outra situação na vida em que me

Atado: travado.

Sobranceiro: com certo ar de superioridade.

* Que suspeitas começam a nascer na cabeça de Simão?

Aturdido: atordoado.

sentisse mais estranho a mim mesmo. Apertei-lhes a mão, sem olhar para ela. Creio que ela também desviou os olhos. Ele é que, com certeza, não nos observou; riscava um fósforo e acendia um cigarro. Ao jantar falou o mais naturalmente que pôde, ainda que frio. O rosto exprimia maior esforço que na véspera. Para explicar a possível alteração, disse-me que embarcaria no fim da semana, e que, à proporção que a hora ia chegando, sentia dificuldade em sair.

— Mas é só até fora da barra; lá fora torno a ser o que sou, e, na campanha, serei o que devo ser.

Usava dessas palavras rígidas, alguma vez **enfáticas**. Notei que Maria trazia os **olhos pisados**; soube depois que chorara muito e tivera grande luta com ele, na véspera, para que não embarcasse. Só conhecera a resolução pelos jornais, **prova de alguma coisa mais particular que o patriotismo**. Não falou à mesa, e a dor podia explicar o silêncio, sem nenhuma outra causa de constrangimento pessoal. Ao contrário, X... procurava falar muito, contava os batalhões, os oficiais novos, as probabilidades de vitória, e referia anedotas e boatos, sem **curar** de ligação. Às vezes, queria rir; para o fim, disse que naturalmente voltaria general, mas ficou tão carrancudo depois deste gracejo, que não tentou outro. O jantar acabou frio; fumamos, ele ainda quis falar da guerra, mas o assunto estava exausto. Antes de sair, convidei-o a ir jantar comigo.

— Não posso; todos os meus dias estão tomados.

— Venha almoçar.

— Também não posso. Faço uma coisa; na volta do Paraguai, o terceiro dia é seu.

Creio ainda hoje que o fim desta última frase era indicar que os dois primeiros dias seriam da mãe e de Maria; assim, qualquer suspeita que eu tivesse dos motivos secretos da resolução, devia **dissipar-se**. Nem bastou isso; disse-me que escolhesse uma **prenda** em lembrança, um livro, por exemplo. Preferi o seu último retrato, fotografado a pedido da mãe, com a farda de capitão de voluntários. **Por dissimulação**, quis que as-

---

Enfáticas: enérgicas.

Olhos pisados: olhos de quem chorou muito.

Prova de alguma coisa mais particular que o patriotismo: o motivo de partir para a guerra era mais pessoal do que o desejo de lutar pela pátria.

Curar: preocupar-se.

Dissipar-se: desaparecer.

Prenda: presente.

Por dissimulação: por fingimento. O que Simão estava fingindo ao pedir que o outro fizesse uma dedicatória no retrato?

sinasse; ele prontamente escreveu: "Ao seu leal amigo Simão de Castro oferece o capitão de voluntários da pátria X..." O mármore do rosto era mais duro, o olhar mais torvo; passou os dedos pelo bigode, com um gesto **convulso**, e despedimo-nos.

No sábado embarcou. Deixou a Maria os recursos necessários para viver aqui, na Bahia, ou no Rio Grande do Sul; ela preferiu o Rio Grande, e partiu para lá, três semanas depois, a esperar que ele voltasse da guerra. Não a pude ver antes; fechara-me a porta, como já me havia fechado o rosto e o coração.

Antes de um ano, soube-se que ele morrera em combate, no qual **se houve** com mais **denodo** que perícia. Ouvi contar que primeiro perdera um braço, e que provavelmente a vergonha de ficar aleijado o fez atirar-se contra as armas inimigas, como quem queria acabar de vez. Esta versão podia ser exata, porque ele tinha **desvanecimentos** das belas formas; mas a causa foi complexa. Também me contaram que Maria, voltando do Rio Grande, morreu em Curitiba; outros dizem que foi acabar em Montevidéu. A filha não passou dos quinze anos.

Eu cá fiquei entre os meus remorsos e saudades; depois, só remorsos; agora admiração apenas, uma admiração particular, que não é grande senão por me fazer sentir pequeno. Sim, eu não era capaz de praticar o que ele praticou. Nem efetivamente conheci ninguém que se parecesse com X... E por que teimar nesta letra? Chamemo-lo pelo nome que lhe deram na pia, Emílio, o meigo, o forte, o simples Emílio.

Convulso: meio descontrolado.

Se houve: se comportou.

Denodo: empenho, esforço.

Desvanecimentos: prazer.

SUJE-SE GORDO!

Uma noite, há muitos anos, passeava eu com um amigo no terraço do Teatro de S. Pedro de Alcântara. Era entre o segundo e o terceiro ato da peça *A Sentença ou o Tribunal do Júri*. Só me ficou o título, e foi justamente o título que nos levou a falar da instituição e de um fato que nunca mais me esqueceu.

— Fui sempre contrário ao júri, — disse-me aquele amigo, — não pela instituição em si, que é liberal, mas porque me repugna condenar alguém, e por aquele preceito do Evangelho: "Não queirais julgar para que não sejais julgados". **Não obstante**, servi duas vezes. O tribunal era então no antigo Aljube, fim da Rua dos Ourives, princípio da Ladeira da Conceição.

Tal era o meu escrúpulo que, salvo dois, absolvi todos os réus. Com efeito, os crimes não me pareceram provados; um ou dois processos eram malfeitos. O primeiro réu que condenei era um moço limpo, acusado de haver furtado certa quantia, não grande, antes pequena, com falsificação de um papel. Não negou o fato, nem podia fazê-lo, contestou que lhe coubesse a iniciativa ou inspiração do crime. Alguém, que não citava, foi que lhe lembrou esse modo de acudir a uma necessidade urgente; mas Deus, que via os corações, daria ao criminoso verdadeiro o merecido castigo. Disse isso sem ênfase, triste, a **palavra surda**, os olhos mortos, com tal palidez que metia pena; o **promotor público** achou nessa mesma cor do gesto a confissão do crime. Ao contrário, o defensor mostrou que o abatimento e a palidez significavam a lástima da inocência caluniada.

Poucas vezes terei assistido a debate tão brilhante. O discurso do promotor foi curto, mas forte, indignado, com um tom que parecia ódio, e não era. A defesa, além do talento do advogado, tinha a circunstância de ser a estreia dele na tribuna. Parentes, colegas e amigos

Não obstante: apesar disso.

Palavra surda: a voz fraca, baixa.

Promotor público: representante do Ministério Público, junto aos tribunais de justiça, como acusador de suspeitos de crimes.

esperavam o primeiro discurso do rapaz, e não perderam na espera. O discurso foi admirável, e teria salvo o réu, se ele pudesse ser salvo, mas o crime metia-se pelos olhos dentro. O advogado morreu dois anos depois, em 1865. Quem sabe o que se perdeu nele! Eu, acredite, quando vejo morrer um moço de talento, sinto mais que quando morre um velho... Mas vamos ao que ia contando. Houve **réplica** do promotor e **tréplica** do defensor. O presidente do tribunal resumiu os debates, e, lidos os quesitos, foram entregues ao presidente do Conselho, que era eu.

Um dos jurados do Conselho, cheio de corpo e ruivo, parecia mais que ninguém convencido do delito e do delinquente. O processo foi examinado, os quesitos lidos, e as respostas dadas (onze votos contra um); só o jurado ruivo estava inquieto. No fim, como os votos assegurassem a condenação, ficou satisfeito, disse que seria um ato de fraqueza, ou coisa pior, a absolvição que lhe déssemos. Um dos jurados, certamente o que votara pela negativa, — proferiu algumas palavras de defesa do moço. O ruivo, — chamava-se Lopes, — replicou com aborrecimento:

— Como, senhor? Mas o crime do réu está mais que provado.

— Deixemos de debate — disse eu —, e todos concordaram comigo.

— Não estou debatendo, estou defendendo o meu voto — continuou Lopes. — O crime está mais que provado. O sujeito nega, porque todo o réu nega, mas o certo é que ele cometeu a falsidade, e que falsidade! Tudo por uma miséria, duzentos mil-réis! Suje-se gordo! Quer sujar-se? Suje-se gordo!

"Suje-se gordo!" Confesso-lhe que fiquei de boca aberta, não que entendesse a frase, ao contrário, nem a entendi nem a achei limpa, e foi por isso mesmo que fiquei de boca aberta. Afinal caminhei e bati à porta, abriram-nos, fui à mesa do juiz, dei as respostas do Conselho e o réu saiu condenado. O advogado apelou;

Réplica: **argumento para rebater uma acusação ou afirmação.**

Tréplica: **resposta a uma réplica.**

se a sentença foi confirmada ou a apelação aceita, não sei; perdi o negócio de vista.

Quando saí do tribunal, vim pensando na frase do Lopes, e pareceu-me entendê-la. "Suje-se gordo!" era como se dissesse que o condenado era mais que ladrão, era um ladrão **reles,** um ladrão de nada. Achei esta explicação na esquina da Rua de S. Pedro; vinha ainda pela dos Ourives. Cheguei a **desandar** um pouco, a ver se descobria o Lopes para lhe apertar a mão; nem sombra de Lopes. No dia seguinte, lendo nos jornais os nossos nomes, dei com o nome todo dele; não valia a pena procurá-lo, nem me ficou de cor. Assim são as páginas da vida, como dizia meu filho quando fazia versos, e acrescentava que as páginas vão passando umas sobre outras, esquecidas apenas lidas. Rimava assim, mas não me lembra a forma dos versos.

Em prosa disse-me ele, muito tempo depois, que eu não devia faltar ao júri, para o qual acabava de ser designado. Respondi-lhe que não compareceria, e citei o preceito evangélico; ele teimou, dizendo ser um dever de cidadão, um serviço gratuito, que ninguém que se prezasse podia negar ao seu país. Fui e julguei três processos.

Um destes era de um empregado do Banco do Trabalho Honrado, o caixa, acusado de um desvio de dinheiro*. Ouvira falar no caso, que os jornais deram sem grande minúcia, e aliás eu lia pouco as notícias de crimes. O acusado apareceu e foi sentar-se no famoso banco dos réus. Era um homem magro e ruivo. Fitei-o bem, e estremeci; pareceu-me ver o meu colega daquele julgamento de anos antes. Não poderia reconhecê-lo logo por estar agora magro, mas era a mesma cor dos cabelos e das barbas, o mesmo ar, e por fim a mesma voz e o mesmo nome: Lopes.

— Como se chama? — perguntou o presidente.

— Antônio do Carmo Ribeiro Lopes.

Já me não lembravam os três primeiros nomes, o quarto era o mesmo, e os outros sinais vieram confirmando as reminiscências; não me tardou reconhecer

---

Reles: medíocre.

Desandar: mudar de direção ou trajeto.

* Observe a ironia: onde trabalhava o ladrão?

a pessoa exata daquele dia remoto. Digo-lhe aqui com verdade que todas essas circunstâncias me impediram de acompanhar atentamente o interrogatório, e muitas coisas me escaparam. Quando me dispus a ouvi-lo bem, estava quase no fim. Lopes negava com firmeza tudo o que lhe era perguntado, ou respondia de maneira que trazia uma complicação ao processo. Circulava os olhos sem medo nem ansiedade; não sei até se com uma pontinha de riso nos cantos da boca.

Seguiu-se a leitura do processo. Era uma falsidade e um desvio de **cento e dez contos de réis**. Não lhe digo como se descobriu o crime nem o criminoso, por já ser tarde; a **orquestra está afinando os instrumentos**. O que lhe digo com certeza é que a leitura dos **autos** me impressionou muito, o inquérito, os documentos, a tentativa de fuga do caixa e uma série de circunstâncias agravantes; por fim o depoimento das testemunhas. Eu ouvia ler ou falar e olhava para o Lopes. Também ele ouvia, mas com o rosto alto, mirando o escrivão, o presidente, o teto e as pessoas que o iam julgar; entre elas eu. Quando olhou para mim não me reconheceu; fitou-me algum tempo e sorriu, como fazia aos outros.

Todos esses gestos do homem serviram à acusação e à defesa, tal como serviram, tempos antes, os gestos contrários do outro acusado. O promotor achou neles a revelação clara do cinismo, o advogado mostrou que só a inocência e a certeza da absolvição podiam trazer aquela paz de espírito.

Enquanto os dois oradores falavam, vim pensando na fatalidade de estar ali, no mesmo banco do outro, este homem que votara a condenação dele, e naturalmente repeti comigo o texto evangélico: "Não queirais julgar, para que não sejais julgados". Confesso-lhe que mais de uma vez me senti frio. Não é que eu mesmo viesse a cometer algum desvio de dinheiro, mas podia, em ocasião de raiva, matar alguém ou ser caluniado de desfalque. Aquele que julgava outrora, era agora julgado também.

Cento e dez contos de réis: uma grande quantia na época.

Orquestra está afinando os instrumentos: conforme se vê no início do conto, o caso está sendo contado no intervalo de um espetáculo teatral.

Autos: documentos do processo.

Ao pé da palavra bíblica lembrou-me de repente a do mesmo Lopes: "Suje-se gordo!" Não imagina o **sacudimento** que me deu esta lembrança. Evoquei tudo o que contei agora, o discursinho que lhe ouvi na sala secreta, até àquelas palavras: "Suje-se gordo!" Vi que não era um ladrão reles, um ladrão de nada, sim de grande valor. O verbo é que definia duramente a ação. "Suje-se gordo!" Queria dizer que o homem não se devia levar a um ato daquela espécie sem a grossura da soma. A ninguém cabia sujar-se por quatro **patacas**. Quer sujar-se? Suje-se gordo!

Ideias e palavras iam assim rolando na minha cabeça, sem eu dar pelo resumo dos debates que o presidente do tribunal fazia. Tinha acabado, leu os quesitos e recolhemo-nos à sala secreta. Posso dizer-lhe aqui em particular que votei afirmativamente, tão certo me pareceu o desvio dos cento e dez contos. Havia, entre outros documentos, uma carta de Lopes que fazia evidente o crime. Mas parece que nem todos leram com os mesmos olhos que eu. Votaram comigo dois jurados. Nove negaram a criminalidade do Lopes, a sentença de absolvição foi **lavrada** e lida, e o acusado saiu para a rua. A diferença da votação era tamanha que cheguei a duvidar comigo se teria acertado. Podia ser que não. Agora mesmo sinto uns **repelões** de consciência. Felizmente, se o Lopes não cometeu **deveras** o crime, não recebeu a pena do meu voto, e esta consideração acaba por me consolar do erro, mas os repelões voltam. O melhor de tudo é não julgar ninguém para não vir a ser julgado. Suje-se gordo! Suje-se magro! Suje-se como lhe parecer! O mais seguro é não julgar ninguém... Acabou a música, vamos para as nossas cadeiras.

Sacudimento: estremecimento.

Patacas: a pataca é uma antiga moeda de baixo valor. Circulou de 1695 a 1834; na época de Machado de Assis já estava fora de circulação.

Lavrada: registrada por escrito.

Repelões: choques.

Deveras: de fato.

UMAS FÉRIAS

Vieram dizer ao mestre-escola que alguém lhe queria falar.

— Quem é?

— Diz que meu senhor não o conhece — respondeu o **preto**.

— Que entre.

Houve um movimento geral de cabeças na direção da porta do corredor, por onde devia entrar a pessoa desconhecida. Éramos não sei quantos meninos na escola. Não tardou que aparecesse uma figura rude, tez queimada, cabelos compridos, sem sinal de pente, a roupa amarrotada, não me lembra bem a cor nem a fazenda, mas provavelmente era brim pardo. Todos ficaram esperando o que vinha dizer o homem, eu mais que ninguém, porque ele era meu tio, roceiro, morador em Guaratiba. Chamava-se tio Zeca.

Tio Zeca foi ao mestre e falou-lhe baixo. O mestre fê-lo sentar, olhou para mim, e creio que lhe perguntou alguma coisa, porque tio Zeca entrou a falar demorado, muito explicativo. O mestre insistiu, ele respondeu, até que o mestre, voltando-se para mim, disse alto:

— Senhor José Martins, pode sair.

A minha sensação de prazer foi tal que venceu a de espanto. Tinha dez anos apenas, gostava de folgar, não gostava de aprender. Um chamado de casa, o próprio tio, irmão de meu pai, que chegara na véspera de Guaratiba, era naturalmente alguma festa, passeio, qualquer coisa. Corri a buscar o chapéu, meti o livro de leitura no bolso e desci as escadas da escola, um sobradinho da Rua do Senado. No corredor beijei a mão do tio Zeca. Na rua fui andando ao pé dele, amiudando os passos e levantando a cara. Ele não me dizia nada, eu não me atrevia a nenhuma pergunta. Pouco depois chegávamos ao colégio de minha irmã Felícia; disse-me que esperasse, entrou, subiu, desceram, e fomos os três a

> Preto: **forma usual na época para se referir ao escravizado.**

caminho de casa. A minha alegria agora era maior. Certamente havia festa em casa, pois que íamos os dois, ela e eu; íamos na frente, trocando as nossas perguntas e **conjeturas**. Talvez anos de tio Zeca. Voltei a cara para ele; vinha com os olhos no chão, provavelmente para não cair.

Fomos andando. Felícia era mais velha que eu um ano. Calçava sapato raso, atado ao peito do pé por duas fitas cruzadas, vindo acabar acima do tornozelo com laço. Eu, **botins de cordovão**, já gastos. As **calcinhas** dela pegavam com a fita dos sapatos, as minhas calças, largas, caíam sobre o peito do pé; eram de chita. Uma ou outra vez parávamos, ela para admirar as bonecas à porta dos armarinhos, eu para ver, à porta das vendas, algum papagaio que descia e subia pela corrente de ferro atada ao pé. Geralmente, era meu conhecido, mas papagaio não cansa em tal idade. Tio Zeca é que nos tirava do espetáculo industrial ou natural. "Andem", dizia ele em voz sumida. E nós andávamos, até que outra curiosidade nos fazia deter o passo. Entretanto, o principal era a festa que nos esperava em casa.

— Não creio que sejam anos de tio Zeca — disse-me Felícia.

— Por quê?

— Parece meio triste.

— Triste, não, parece carrancudo.

— Ou carrancudo. Quem faz anos tem a cara alegre.

— Então serão anos de meu padrinho...

— Ou de minha madrinha...

— Mas por que é que mamãe nos mandou para a escola?

— Talvez não soubesse.

— Há de haver jantar grande...

— Com doce...

— Talvez dancemos.

Fizemos um acordo: podia ser festa, sem aniversário de ninguém. A sorte grande, por exemplo. Ocorreu-me também que podiam ser eleições. Meu padrinho

---

Conjeturas: hipóteses.

Botim de cordovão: bota de cano curto feita de couro de cabra.

Calcinhas: calças compridas femininas.

era candidato a vereador; embora eu não soubesse bem o que era candidatura nem vereação, tanto ouvira falar em vitória próxima que a achei certa e ganha. Não sabia que a eleição era ao domingo, e o dia era sexta-feira. Imaginei bandas de música, vivas e palmas, e nós, meninos, pulando, rindo, comendo cocadas. Talvez houvesse espetáculo à noite; fiquei meio tonto. Tinha ido uma vez ao teatro, e voltei dormindo, mas no dia seguinte estava tão contente que morria por lá tornar, posto não houvesse entendido nada do que ouvira. Vira muita coisa, isso sim, cadeiras ricas, tronos, lanças compridas, cenas que mudavam à vista, passando de uma sala a um bosque, e do bosque a uma rua. Depois, os personagens, todos príncipes. Era assim que chamávamos aos que vestiam calção de seda, sapato de fivela ou botas, espada, capa de veludo, gorra com pluma. Também houve bailado. As bailarinas e os bailarinos falavam com os pés e as mãos, trocando de posição e um sorriso constante na boca. Depois os gritos do público e as palmas...

Já duas vezes escrevi palmas; é que as conhecia bem. Felícia, a quem comuniquei a possibilidade do espetáculo, não me pareceu gostar muito, mas também não recusou nada. Iria ao teatro. E quem sabe se não seria em casa, teatrinho de bonecos? Íamos nessas conjeturas, quando tio Zeca nos disse que esperássemos; tinha parado a conversar com um sujeito.

Paramos, à espera. A ideia da festa, qualquer que fosse, continuou a agitar-nos, mais a mim que a ela. Imaginei trinta mil coisas, sem acabar nenhuma, tão precipitadas vinham, e tão confusas que não as distinguia; pode ser até que se repetissem. Felícia chamou a minha atenção para dois moleques de **carapuça encarnada**, que passavam carregando canas — o que nos lembrou as noites de Santo Antônio e São João, já lá idas. Então falei-lhe das fogueiras do nosso quintal, das **bichas** que queimamos, das rodinhas, das pistolas e das danças com outros meninos. Se houvesse agora a mesma coisa... Ah! lembrou-me que era ocasião de

Carapuça encarnada: gorro vermelho.

Bicha: artefato pirotécnico de papelão, em forma de canudinho, munido de pavio, e que estala ao ser queimado.

deitar à fogueira o livro da escola, e o dela também, com os pontos de costura que estava aprendendo.

— Isso não — acudiu Felícia.

— Eu queimava o meu livro.

— Papai comprava outro.

— Enquanto comprasse, eu ficava brincando em casa; aprender é muito aborrecido.

Nisto estávamos, quando vimos tio Zeca e o desconhecido ao pé de nós. O desconhecido pegou-nos nos queixos e levantou-nos a cara para ele, fitou-nos com seriedade, deixou-nos e despediu-se.

— Nove horas? Lá estarei — disse ele.

— Vamos — disse-nos tio Zeca.

Quis perguntar-lhe quem era aquele homem, e até me pareceu conhecê-lo vagamente. Felícia também. Nenhum de nós acertava com a pessoa; mas a promessa de lá estar às nove horas dominou o resto. Era festa, algum baile, conquanto às nove horas, costumássemos ir para a cama. Naturalmente, por exceção, estaríamos acordados. Como chegássemos a um **rego de lama**, peguei da mão de Felícia, e transpusemo-lo de um salto, tão violento que quase me caiu o livro. Olhei para tio Zeca, a ver o efeito do gesto; vi-o abanar a cabeça com reprovação. Ri, ela sorriu, e fomos pela calçada adiante.

Era o dia dos desconhecidos. Dessa vez estavam em burros, e um dos dois era mulher. Vinham da roça. Tio Zeca foi ter com eles ao meio da rua, depois de dizer que esperássemos. Os animais pararam, creio que de si mesmos, por também conhecerem a tio Zeca, ideia que Felícia reprovou com o gesto, e que eu defendi rindo. Teria apenas meia convicção; tudo era folgar. Fosse como fosse, esperamos os dois, examinando o casal de roceiros. Eram ambos magros, a mulher mais que o marido, e também mais moça; ele tinha os cabelos grisalhos. Não ouvimos o que disseram, ele e tio Zeca; vimo-lo, sim, o marido olhar para nós com ar de curiosidade, e falar à mulher, que também nos deitou os olhos, agora com pena ou coisa parecida. Enfim apartaram-se, tio Zeca veio ter conosco e **enfiamos** para casa.

Deitar à fogueira:
jogar na fogueira.

Rego de lama:
valeta com lama.

Enfiamos: seguimos.

A casa ficava na rua próxima, perto da esquina. Ao dobrarmos esta, vimos os portais da casa forrados de preto — o que nos encheu de espanto. Instintivamente paramos e voltamos a cabeça para o tio Zeca. Este veio a nós, deu a mão a cada um e ia a dizer alguma palavra que lhe ficou na garganta; andou, levando-nos consigo. Quando chegamos, as portas estavam meio cerradas. Não sei se lhes disse que era um **armarinho**. Na rua, curiosos. Nas janelas fronteiras e laterais, cabeças aglomeradas. Houve certo rebuliço quando chegamos. É natural que eu tivesse a boca aberta, como Felícia. Tio Zeca empurrou uma das meias portas, entramos os três, ele tornou a cerrá-la, meteu-se pelo corredor e fomos à sala de jantar e à alcova*.

Dentro, ao pé da cama, estava minha mãe com a cabeça entre as mãos. Sabendo da nossa chegada, ergueu-se de salto, veio abraçar-nos entre lágrimas, bradando:

— Meus filhos, vosso pai morreu!

A comoção foi grande, por mais que o confuso e o vago entorpecessem a consciência da notícia. Não tive forças para andar, e teria medo de o fazer. Morto como? Morto por quê? Essas duas perguntas, se as meto aqui, é para dar seguimento à ação; naquele momento não perguntei nada a mim nem a ninguém. Ouvi as palavras de minha mãe, se repetiam em mim, e os seus soluços que eram grandes. Ela pegou em nós e arrastou-nos para a cama, onde jazia o cadáver do marido; e fez-nos beijar-lhe a mão. Tão longe estava eu daquilo que, apesar de tudo, não entendera nada a princípio; a tristeza e o silêncio das pessoas que rodeavam a cama ajudaram a explicar que meu pai morrera deveras. Não se tratava de um dia santo, com a sua folga e recreio, não era festa, não eram as horas breves ou longas, para a gente **desfiar** em casa, **arredada** dos castigos da escola. Que essa queda de um sonho tão bonito fizesse crescer a minha dor de filho não é coisa que possa afirmar ou negar; melhor é calar. O pai ali estava defunto, sem pulos, sem danças, nem risadas, nem bandas de música, coisas todas também defuntas. Se me hou-

> Armarinho: loja que vende tecidos e materiais de costura.
>
> * Observe a habilidade do autor em criar um suspense sobre o verdadeiro motivo das ações do tio Zeca.
>
> Desfiar: aproveitar.
>
> Arredada: livre.

vessem dito à saída da escola por que é que me iam lá buscar, é claro que a alegria não houvera penetrado o coração, donde era agora **expelida a punhadas**.

O enterro foi no dia seguinte às nove horas da manhã, e provavelmente lá estava aquele amigo de tio Zeca que se despediu na rua, com a promessa de ir às nove horas. Não vi as cerimônias; alguns vultos, poucos, vestidos de preto, lembra-me que vi. Meu padrinho, dono de um **trapiche**, lá estava, e a mulher também, que me levou a uma alcova dos fundos para me mostrar gravuras. Na ocasião da saída, ouvi os gritos de minha mãe, o rumor dos passos, algumas palavras abafadas de pessoas que pegavam nas alças do caixão, creio eu: "vire de lado; mais à esquerda; assim, segure bem..." Depois, ao longe, o **coche** andando e as **seges** atrás dele...

Lá iam meu pai e as férias! Um dia de folga sem **folguedo**! Não, não foi um dia, mas oito, oito dias de **nojo**, durante os quais alguma vez me lembrei do colégio. Minha mãe chorava, **cosendo o luto**, entre duas visitas de pêsames. Eu também chorava; não via meu pai às horas do costume, não lhe ouvia as palavras à mesa ou ao balcão, nem as carícias que dizia aos pássaros. Que ele era muito amigo de pássaros e tinha três ou quatro, em gaiolas. Minha mãe vivia calada. Quase que só falava às pessoas de fora. Foi assim que eu soube que meu pai morrera de **apoplexia**. Ouvi essa notícia muitas vezes; as visitas perguntavam pela causa da morte, e ela referia tudo, a hora, o gesto, a ocasião: tinha ido beber água, e enchia um copo, à janela da área. Tudo decorei, à força de ouvi-la contar.

Nem por isso os meninos do colégio deixavam de vir espiar para dentro da minha memória. Um deles chegou a perguntar-me quando é que eu voltaria.

— Sábado, meu filho — disse minha mãe, quando lhe repeti a pergunta imaginada —; a missa é sexta-feira. Talvez seja melhor voltar na segunda.

— Antes sábado — emendei.

— Pois sim — concordou.

Expelida a punhadas: expulsa a socos.

Trapiche: armazém.

Coche: carruagem. Nessa passagem, designa a carruagem que levava o caixão.

Sege: pequena carruagem fechada, de duas rodas.

Folguedo: brincadeira.

Nojo: luto.

Cosendo o luto: costurando a roupa do luto.

Apoplexia: acidente vascular.

Não sorria; se pudesse, sorriria de gosto ao ver que eu queria voltar mais cedo à escola. Mas, sabendo que eu não gostava de aprender, como entenderia a emenda? Provavelmente, deu-lhe algum sentido superior, conselho do céu ou do marido. Em verdade, eu não folgava, se lerdes isso com o sentido de rir. Com o de descansar também não cabe, porque minha mãe fazia-me estudar, e, tanto como o estudo, aborrecia-me a atitude. Obrigado a estar sentado, com o livro nas mãos, a um canto ou à mesa, dava ao diabo o livro, a mesa e a cadeira. Usava um recurso que recomendo aos preguiçosos: deixava os olhos na página e abria a porta à imaginação. Corria a apanhar as flechas dos **foguetes**, a ouvir os realejos, a bailar com meninas, a cantar, a rir, a espancar de mentira ou de brincadeira, como for mais claro.

Uma vez, como desse por mim a andar na sala sem ler, minha mãe repreendeu-me, e eu respondi que estava pensando em meu pai. A explicação fê-la chorar, e, para dizer tudo, não era totalmente mentira; tinha-me lembrado o último presentinho que ele me dera, e entrei a vê-lo com o mimo na mão.

Felícia vivia tão triste como eu, mas confesso a minha verdade, a causa principal não era a mesma. Gostava de brincar, mas não sentia a ausência do brinco, **não se lhe dava** de acompanhar a mãe, coser com ela, e uma vez fui achá-la a enxugar-lhe os olhos. Meio vexado, pensei em imitá-la, e meti a mão no bolso para tirar o lenço. A mão entrou sem ternura, e, não achando o lenço, saiu sem pesar. Creio que ao gesto não faltava só originalidade, mas sinceridade também.

Não me censurem. Sincero fui longos dias calados e reclusos. Quis uma vez ir para o armarinho, que se abriu depois do enterro, onde o **caixeiro** continuou a servir. Conversaria com este, assistiria à venda de linhas e agulhas, à medição de fitas, iria à porta, à calçada, à esquina da rua... Minha mãe sufocou esse sonho pouco depois de ele nascer. Mal chegara ao balcão, mandou-me buscar pela escrava; lá fui para o interior da casa e

Foguetes: **rojões.**

Não se lhe dava: **não se incomodava com.**

Caixeiro: **balconista.**

para o estudo. **Arrepelei-me**, apertei os dedos **à guisa de quem quer dar murro**; não me lembra se chorei de raiva.

O livro lembrou-me a escola, e a imagem da escola consolou-me. Já então lhe tinha grandes saudades. Via de longe as caras dos meninos, os nossos gestos de troça nos bancos, e os saltos à saída. Senti cair-me na cara uma daquelas bolinhas de papel com que nos **espertávamos** uns aos outros, e fiz a minha e atirei-a ao meu suposto espertador. A bolinha, como acontecia às vezes, foi cair na cabeça de terceiro, que se desforrou depressa. Alguns, mais tímidos, limitavam-se a fazer caretas. Não era **folguedo** franco, mas já me valia por ele. Aquele **degredo** que eu deixei tão alegremente com tio Zeca, parecia-me agora um céu remoto, e tinha medo de o perder. Nenhuma festa em casa, poucas palavras, raro movimento. Foi por esse tempo que eu desenhei a lápis maior número de gatos nas margens do livro de leitura; gatos e porcos. Não alegrava, mas distraía.

A missa do sétimo dia restituiu-me à rua; no sábado não fui à escola, fui à casa de meu padrinho, onde pude falar um pouco mais, e no domingo estive à porta da loja. Não era alegria completa. A total alegria foi segunda-feira, na escola. Entrei vestido de preto, fui mirado com curiosidade, mas tão outro ao pé dos meus **condiscípulos**, que me esqueceram as férias sem gosto, e achei uma grande alegria sem férias.

Arrepelei-me: fiquei com raiva.

À guisa de quem quer dar murro: do jeito que faz alguém que quer dar um murro.

Espertávamo-nos: espertar é acordar, despertar. Nessa passagem, significa tirar da sonolência, da apatia.

Folguedo: brincadeira.

Degredo (ê): nesta passagem, significa local de sofrimento, de tristeza. O narrador refere-se à escola, que lhe parecia então um lugar desagradável; mas depois da morte do pai, isso mudou: a sua casa ficou silenciosa, a mãe e a irmã tristonhas, e o ambiente da escola transformou-se num céu.

Condiscípulos: colegas.

EVOLUÇÃO

Chamo-me Inácio; ele, Benedito. Não digo o resto dos nossos nomes por um sentimento de **compostura**, que toda a gente discreta apreciará. Inácio basta. Contentem-se com Benedito. Não é muito, mas é alguma coisa, e está com a filosofia de **Julieta**: "Que valem nomes?", perguntava ela ao namorado. "A rosa, como quer que se lhe chame, terá sempre o mesmo cheiro". Vamos ao cheiro do Benedito.

E desde logo **assentemos** que ele era o menos Romeu deste mundo. Tinha quarenta e cinco anos, quando o conheci; não declaro em que tempo, porque tudo neste conto há de ser misterioso e truncado. Quarenta e cinco anos, e muitos cabelos pretos; para os que o não eram usava um processo químico, tão eficaz que não se lhe distinguiam os pretos dos outros — salvo ao levantar da cama; mas ao levantar da cama não aparecia a ninguém. Tudo mais era natural, pernas, braços, cabeça, olhos, roupa, sapatos, corrente do relógio e bengala. O próprio alfinete de diamante, que trazia na gravata, um dos mais lindos que tenho visto, era natural e legítimo, custou-lhe bom dinheiro; eu mesmo o vi comprar na casa do... lá me ia escapando o nome do joalheiro — fiquemos na **Rua do Ouvidor**.

Moralmente, era ele mesmo. Ninguém muda de caráter, e o do Benedito era bom — ou para melhor dizer, pacato. Mas, intelectualmente, é que ele era menos original. Podemos compará-lo a uma hospedaria bem afreguesada, aonde iam ter ideias de toda parte e de toda sorte, que se sentavam à mesa com a família da casa. Às vezes, acontecia acharem-se ali duas pessoas inimigas, ou simplesmente antipáticas; ninguém brigava, o dono da casa impunha aos hóspedes a **indulgência recíproca**. Era assim que ele conseguia ajustar uma espécie de ateísmo vago com duas irmandades que fundou, não sei se na Gávea, na Tijuca ou no **Engenho Velho**. Usava

Compostura: educação, boas maneiras.

Julieta: personagem da peça *Romeu e Julieta*, de William Shakespeare (1564-1616).

Assentemos: deixemos claro.

Rua do Ouvidor: elegante rua de comércio da cidade do Rio de Janeiro.

Indulgência recíproca: tolerância de uns com os outros.

Engenho Velho: bairro carioca.

assim, **promiscuamente**, a devoção, a irreligião e as meias de seda. Nunca lhe vi as meias, note-se; mas ele não tinha segredos para os amigos.

Conhecemo-nos em viagem para **Vassouras**. Tínhamos deixado o trem e entrado na diligência que nos ia levar da estação à cidade. Trocamos algumas palavras, e não tardou conversarmos francamente, ao sabor das circunstâncias que nos impunham a convivência, antes mesmo de saber quem éramos.

Naturalmente, o primeiro objeto foi o progresso que nos traziam as estradas de ferro. Benedito lembrava-se do tempo em que toda a jornada era feita às costas de burro. Contamos então algumas anedotas, falamos de alguns nomes, e ficamos de acordo em que as estradas de ferro eram uma condição de progresso do país. Quem nunca viajou não sabe o valor que tem uma dessas banalidades graves e sólidas para dissipar os tédios do caminho. O espírito areja-se, os próprios músculos recebem uma comunicação agradável, o sangue não salta, fica-se em paz com Deus e os homens.

— Não serão os nossos filhos que verão todo este país cortado de estradas — disse ele.

— Não, decerto. O senhor tem filhos?

— Nenhum.

— Nem eu. Não será ainda em cinquenta anos; e, entretanto, é a nossa primeira necessidade. Eu comparo o Brasil a uma criança que está engatinhando; só começará a andar quando tiver muitas estradas de ferro.

— Bonita ideia! — exclamou Benedito faiscando-lhe os olhos.

— Importa-me pouco que seja bonita, contanto que seja justa.

— Bonita e justa — **redarguiu** ele com amabilidade. — Sim, senhor, tem razão: o Brasil está engatinhando; só começará a andar quando tiver muitas estradas de ferro.

Chegamos a Vassouras; eu fui para a casa do juiz municipal, camarada antigo; ele demorou-se um dia e seguiu para o interior. Oito dias depois voltei ao Rio de

Promiscuamente: misturadamente.

Vassouras: cidade do interior do estado do Rio de Janeiro.

Redarguiu: respondeu.

Janeiro, mas sozinho. Uma semana mais tarde, voltou ele; encontramo-nos no teatro, conversamos muito e trocamos notícias; Benedito acabou convidando-me a ir almoçar com ele no dia seguinte. Fui; deu-me um almoço de príncipe, bons charutos e palestra animada. Notei que a conversa dele fazia mais efeito no meio da viagem — arejando o espírito e deixando a gente em paz com Deus e os homens; mas devo dizer que o almoço pode ter prejudicado o resto. Realmente era magnífico; e seria impertinência histórica pôr a mesa de **Lúculo na casa de Platão.** Entre o café e o *cognac*, disse-me ele, apoiando o cotovelo na borda da mesa, e olhando para o charuto que ardia:

— Na minha viagem agora, achei ocasião de ver como o senhor tem razão com aquela ideia do Brasil engatinhando.

— Ah!

— Sim, senhor; é justamente o que o senhor dizia na diligência de Vassouras. Só começaremos a andar quando tivermos muitas estradas de ferro. Não imagina como isso é verdade.

E referiu muita coisa, observações relativas aos costumes do interior, dificuldades da vida, atraso, concordando, porém, nos bons sentimentos da população e nas aspirações de progresso. Infelizmente, o governo não correspondia às necessidades da pátria; parecia até interessado em mantê-la atrás das outras nações americanas. Mas era indispensável que nos persuadíssemos de que os princípios são tudo e os homens nada. Não se fazem os povos para os governos, mas os governos para os povos; e *abyssus abyssum invocat*. Depois foi mostrar-me outras salas. Eram todas **alfaiadas** com apuro. Mostrou-me as coleções de quadros, de moedas, de livros antigos, de selos, de armas; tinha espadas e **floretes**, mas confessou que não sabia esgrimir. Entre os quadros vi um lindo retrato de mulher; perguntei-lhe quem era. Benedito sorriu.

— Não irei adiante — disse eu sorrindo também.

Lúculo na casa de Platão: Lúculo (118-56 a.c.) foi um general e político romano famoso por sua vida luxuosa e pelos banquetes suntuosos que oferecia; Platão (428-348 a.c.) foi um importante filósofo grego. Observe que se trata de duas figuras opostas: um devotado aos prazeres da mesa; outro, às meditações filosóficas.

Cognac (em francês): conhaque.

Abyssus abyssum invocat (em latim): "o abismo chama o abismo", isto é, uma desgraça chama outra.

Alfaiadas: mobiliadas.

Floretes: espadas finas e compridas, sem corte.

— Não, não há que negar — acudiu ele. — Foi uma moça de quem gostei muito. Bonita, não? Não imagina a beleza que era. Os lábios eram mesmo de carmim e as faces de rosa; tinha os olhos negros, cor da noite. E que dentes! Verdadeiras pérolas. Um mimo da natureza.

Em seguida, passamos ao gabinete. Era vasto, elegante, um pouco trivial, mas não lhe faltava nada. Tinha duas estantes, cheias de livros muito bem encadernados, um mapa-múndi, dois mapas do Brasil. A **secretária** era de ébano, obra fina; sobre ela, casualmente aberto, um almanaque de **Laemmert**. O tinteiro era de cristal — "cristal de rocha", disse-me ele —, explicando o tinteiro, como explicava as outras coisas. Na sala contígua havia um órgão. Tocava órgão, e gostava muito de música, falou dela com entusiasmo, citando as óperas, os trechos melhores, e noticiou-me que, em pequeno, começara a aprender flauta; abandonou-a logo — o que foi pena, concluiu —, porque é, na verdade, um instrumento muito saudoso. Mostrou-me ainda outras salas, fomos ao jardim, que era esplêndido, tanto ajudava a arte à natureza, e tanto a natureza coroava a arte. Em rosas, por exemplo (não há negar, disse-me ele, que é a rainha das flores), em rosas, tinha-as de toda **casta** e de todas as regiões.

Saí encantado. Encontramo-nos algumas vezes, na rua, no teatro, em casa de amigos comuns, tive ocasião de apreciá-lo. Quatro meses depois fui à Europa, negócio que me obrigava a ausência de um ano; ele ficou cuidando da eleição; queria ser deputado. Fui eu mesmo que o induzi a isso, sem a menor intenção política, mas com o único fim de lhe ser agradável; mal comparando, era como se lhe elogiasse o corte do colete. Ele pegou da ideia, e apresentou-se. Um dia, atravessando uma rua de Paris, dei subitamente com o Benedito.

— Que é isto? — exclamei.

— Perdi a eleição — disse ele — e vim passear à Europa.

Não me deixou mais; viajamos juntos o resto do tempo. Confessou-me que a perda da eleição não lhe

---

Secretária: **escrivaninha.**

Laemmert: **popular almanaque de informações gerais sobre o brasil, publicado anualmente pelos irmãos Laemmert no Rio de Janeiro, de 1814 a 1884, e depois por outros editores até 1943.**

Casta: **espécie.**

tirara a ideia de entrar no parlamento. Ao contrário, incitara-o mais. Falou-me de um grande plano.

— Quero vê-lo ministro — disse-lhe.

Benedito não contava com esta palavra, o rosto iluminou-se-lhe; mas disfarçou depressa.

— Não digo isso — respondeu. — Quando, porém, seja ministro, creia que serei tão somente ministro industrial. Estamos fartos de partidos; precisamos desenvolver as forças vivas do país, os seus grandes recursos. Lembra-se do que *nós dizíamos* na diligência de Vassouras? O Brasil está engatinhando; só andará com estradas de ferro...

— Tem razão — concordei um pouco espantado. — E por que é que eu mesmo vim à Europa? Vim cuidar de uma estrada de ferro. Deixo as coisas arranjadas em Londres.

— Sim?

— Perfeitamente.

Mostrei-lhe os papéis; ele viu-os deslumbrado. Como eu tivesse então recolhido alguns apontamentos, dados estatísticos, folhetos, relatórios, cópias de contratos, tudo referente a matérias industriais, e lhos mostrasse, Benedito declarou-me que ia também **coligir** algumas coisas daquelas. E, na verdade, vi-o andar por ministérios, bancos, associações, pedindo muitas notas e **opúsculos**, que amontoava nas malas; mas o ardor com que o fez, se foi intenso, foi curto; era de empréstimo. Benedito recolheu com muito mais gosto os **anexins** políticos e fórmulas parlamentares. Tinha na cabeça um vasto arsenal deles. Nas conversas comigo repetia-os muita vez, **à laia de** experiência; achava neles grande prestígio e valor inestimável. Muitos eram de tradição inglesa, e ele os preferia aos outros, como trazendo em si um pouco da **Câmara dos Comuns**. Saboreava-os tanto que eu não sei se ele aceitaria jamais a liberdade real sem aquele aparelho verbal; creio que não. Creio até que, se tivesse de optar, optaria por essas formas curtas, tão cômodas, algumas lindas, outras sonoras, todas **axiomáticas**, que não forçam a reflexão,

Coligir: reunir, juntar.

Opúsculos: folhetos.

Anexins (cs): provérbios, ditados.

À laia de: ao modo de.

Câmara dos Comuns: instituição política inglesa.

Axiomáticas (cs): proverbiais.

preenchem os vazios, e deixam a gente em paz com Deus e os homens.

Regressamos juntos; mas eu fiquei em Pernambuco, e tornei mais tarde a Londres, donde vim ao Rio de Janeiro, um ano depois. Já então Benedito era deputado. Fui visitá-lo; achei-o preparando o discurso de estreia. Mostrou-me alguns apontamentos, trechos de relatórios, livros de economia política, alguns com páginas marcadas, por meio de tiras de papel rubricadas assim: *Câmbio, Taxa das terras, Questão dos cereais em Inglaterra, Opinião de* **Stuart Mill**, *Erro de* **Thiers** *sobre caminhos de ferro* etc. Era sincero, minucioso e cálido. Falava-me daquelas coisas, como se acabasse de as descobrir, expondo-me tudo, ***ab ovo***; **tinha a peito** mostrar aos homens práticos da Câmara que também ele era prático. Em seguida, perguntou-me pela empresa; disse-lhe o que havia.

— Dentro de dois anos conto inaugurar o primeiro trecho da estrada.

— E os capitalistas ingleses?

— Que tem?

— Estão contentes, esperançados?

— Muito; não imagina.

Contei-lhe algumas particularidades técnicas, que ele ouviu distraidamente — ou porque a minha narração fosse em extremo complicada, ou por outro motivo. Quando acabei, disse-me que estimava ver-me entregue ao movimento industrial; era dele que precisávamos, e a este propósito fez-me o favor de ler o **exórdio** do discurso que devia proferir dali a dias.

— Está ainda em borrão — explicou-me —, mas as ideias capitais ficam. E começou:

No meio da agitação crescente dos espíritos, do alarido partidário que encobre as vozes dos legítimos interesses, permiti que alguém faça ouvir uma súplica da nação. Senhores, é tempo de cuidar exclusivamente — notai que digo exclusivamente — dos melhoramentos materiais do país. Não desconheço o que se me pode

---

Stuart Mill (1806-1873): famoso pensador e economista britânico.

Thiers (1797-1877): político e historiador francês.

Ab ovo (em latim): desde o ovo, isto é, desde o princípio.

Tinha a peito: tinha a intenção.

Exórdio: prólogo, introdução.

replicar; dir-me-eis que uma nação não se compõe só de estômago para digerir, mas de cabeça para pensar e de coração para sentir. Respondo-vos que tudo isso não valerá nada ou pouco, se ela não tiver pernas para caminhar; e aqui repetirei o que, há alguns anos, dizia eu a um amigo, em viagem pelo interior: o Brasil é uma criança que engatinha; só começará a andar quando estiver cortado de estradas de ferro...

Não pude ouvir mais nada e fiquei pensativo. Mais que pensativo, fiquei assombrado, desvairado diante do abismo que a psicologia rasgava aos meus pés. Este homem é sincero, pensei comigo, está persuadido do que escreveu. E fui por aí abaixo até ver se achava a explicação dos trâmites por que passou aquela recordação da diligência de Vassouras. Achei (perdoem-me se há nisto **enfatuação**), achei ali mais um efeito da lei da evolução, tal como a definiu Spencer — **Spencer** ou Benedito, um deles.

Enfatuação: falta de modéstia.

Spencer (1820-1903): filósofo inglês, criador da filosofia evolucionista.

PÍLADES E ORESTES

Quintanilha **engendrou** Gonçalves. Tal era a impressão que davam os dois juntos, não que se parecessem. Ao contrário, Quintanilha tinha o rosto redondo, Gonçalves comprido, o primeiro era baixo e moreno, o segundo alto e claro, e a expressão total divergia inteiramente. **Acresce** que eram quase da mesma idade. A ideia da paternidade nascia das maneiras com que o primeiro tratava o segundo; um **pai** não se desfaria mais em carinhos, cautelas e pensamentos.

Tinham estudado juntos, morado juntos, e eram bacharéis do mesmo ano. Quintanilha não seguiu advocacia nem magistratura, meteu-se na política; mas, eleito deputado provincial em 187... cumpriu o prazo da legislatura e abandonou a carreira. Herdara os bens de um tio, que lhe davam de renda cerca de **trinta contos de réis**. Veio para o seu Gonçalves, que advogava no Rio de Janeiro.

Posto que abastado, moço, amigo do seu único amigo, não se pode dizer que Quintanilha fosse inteiramente feliz, como vais ver*****. Ponho de lado o desgosto que lhe trouxe a herança com o **ódio dos parentes**; tal ódio foi que **ele esteve prestes a abrir mão dela**, e não o fez porque o amigo Gonçalves, que lhe dava ideias e conselhos, o convenceu de que semelhante ato seria **rematada** loucura.

— Que culpa tem você que merecesse mais a seu tio que os outros parentes? Não foi você que fez o testamento nem andou a bajular o defunto, como os outros. Se ele deixou tudo a você, é que o achou melhor que eles; fique-se com a fortuna, que é a vontade do morto, e não seja tolo.

Quintanilha acabou concordando. Dos parentes alguns buscaram reconciliar-se com ele, mas o amigo mostrou-lhe a intenção **recôndita** dos tais, e Quintanilha

---

Engendrou: gerou.

Acresce: acrescente-se.

Pai: segundo o narrador, Quintanilha trata Gonçalves como se fosse seu filho, esforçando-se para agradá-lo em tudo.

Trinta contos de réis: uma grande quantia na época, fazendo Quintanilha muito rico pelo resto da vida.

Posto que abastado: ainda que muito rico.

* Observe que o narrador se dirige diretamente ao leitor.

Ódio dos parentes: os parentes teriam ficado com ódio de Quintanilha por não terem recebido parte da herança.

Ele esteve prestes a abrir mão dela: ele quase desistiu de aceitar a herança.

Rematada: completa.

Recôndita: escondida.

não lhes abriu a porta. Um desses, ao vê-lo ligado com o antigo companheiro de estudos, bradava por toda a parte:

— Aí está, deixa os parentes para se meter com estranhos; há de ver o fim que leva.

Ao saber disto, Quintanilha correu a contá-lo a Gonçalves, indignado. Gonçalves sorriu, chamou-lhe tolo e aquietou-lhe o ânimo; não valia a pena irritar-se por **ditinhos**.

— Uma só coisa desejo — continuou — é que nos separemos, para que se não diga...

— Que se não diga o quê? É boa! Tinha que ver, se eu passava a escolher as minhas amizades conforme o **capricho** de alguns **peraltas** sem-vergonha!

— Não fale assim, Quintanilha. Você é grosseiro com seus parentes.

— Parentes do diabo que os leve! Pois eu hei de viver com as pessoas que me forem designadas por meia dúzia de velhacos que o que querem é comer-me o dinheiro? Não, Gonçalves; tudo o que você quiser, menos isso. Quem escolhe os meus amigos sou eu, é o meu coração. Ou você está... está aborrecido de mim?

— Eu? Tinha graça.

— Pois então?

— Mas é...

— Não é tal!

A vida que viviam os dois era a mais unida deste mundo. Quintanilha acordava, pensava no outro, almoçava e **ia ter com ele**. Jantavam juntos, faziam alguma visita, passeavam ou acabavam a noite no teatro. Se Gonçalves tinha algum trabalho que fazer à noite, Quintanilha ia ajudá-lo como obrigação; dava busca aos textos de lei, marcava-os, copiava-os, carregava os livros. Gonçalves esquecia com facilidade, ora um recado, ora uma carta, sapatos, charutos, papéis. Quintanilha supria-lhe a memória. Às vezes, na Rua do Ouvidor, vendo passar as moças, Gonçalves lembrava-se de uns autos que deixara no escritório. Quintanilha voava a buscá-los e tornava com

---

Ditinhos: **falatórios.**

Capricho: **vontade.**

Peraltas: **desocupados, vadios.**

Ia ter com ele: **ia encontrá-lo.**

eles, tão contente que não se podia saber se eram autos, se a **sorte grande**; procurava-o ansiosamente com os olhos, corria, sorria, morria de fadiga.

— São estes?

— São; deixa ver, são estes mesmos. Dá cá.

— Deixa, eu levo.

A princípio, Gonçalves suspirava:

— Que **maçada** que dei a você!

Quintanilha ria do suspiro com tão bom humor que o outro, para não o **molestar**, não se acusou de mais nada; **concordou em receber os obséquios**. Com o tempo, os obséquios ficaram sendo puro ofício. Gonçalves dizia ao outro: "Você hoje há de lembrar-me isto e aquilo". E o outro decorava as recomendações, ou escrevia-as, se eram muitas. Algumas dependiam de horas; era de ver como o bom Quintanilha suspirava aflito, à espera que chegasse tal ou tal hora para ter o gosto de lembrar os negócios ao amigo. E levava-lhe as cartas e papéis, ia buscar as respostas, procurar as pessoas, esperá-las na estrada de ferro, fazia viagens ao interior. De si mesmo descobria-lhe bons charutos, bons jantares, bons espetáculos. Gonçalves já não tinha liberdade de falar de um livro novo, ou somente caro, **que não achasse um exemplar em casa**.

— Você é um **perdulário** — dizia-lhe em tom repreensivo.

— Então gastar com letras e ciências é botar fora? É boa! — concluía o outro.

No fim do ano quis obrigá-lo a passar fora as férias. Gonçalves acabou aceitando, e o prazer que lhe deu com isto foi enorme. Subiram a Petrópolis. Na volta, serra abaixo, como falassem de pintura, Quintanilha **advertiu** que não tinham ainda uma tela com o retrato dos dois, e mandou fazê-la. Quando a levou ao amigo, este não pôde deixar de lhe dizer que não prestava para nada. Quintanilha ficou sem voz.

— É uma porcaria — insistiu Gonçalves.

— Pois o pintor disse-me...

Sorte grande: Gonçalves gostava tanto de ser útil que, quando fazia um favor ao outro, ficava tão alegre como se tivesse ganho a sorte grande na loteria.

Maçada: aborrecimento.

Molestar: magoar, incomodar.

Concordou em receber os obséquios: Gonçalves nem agradece mais os favores do amigo; simplesmente passa a aceitar essa total dedicação como se fosse algo normal.

Que não achasse um exemplar em casa: como se vê, Quintanilha chegava até a comprar aquilo que o amigo desejava.

Perdulário: pessoa que gasta dinheiro demais.

Advertiu: observou.

— Você não entende de pintura, Quintanilha, e o pintor aproveitou a ocasião para **meter a espiga**. Pois isto é cara decente? Eu tenho este braço torto?

— Que ladrão!

— Não, ele não tem culpa, fez o seu negócio; você é que não tem o sentimento da arte, nem prática, e espichou-se redondamente. A intenção foi boa, creio...

— Sim, a intenção foi boa.

— E aposto que já pagou?

— Já.

Gonçalves abanou a cabeça, chamou-lhe ignorante e acabou rindo. Quintanilha, **vexado** e aborrecido, olhava para a tela, até que sacou de um canivete e rasgou-a de alto a baixo. Como se não bastasse esse gesto de vingança, devolveu a pintura ao artista com um bilhete em que lhe transmitiu alguns dos nomes recebidos e mais o de asno. A vida tem muitas de tais **pagas**. Demais, uma **letra** de Gonçalves que se venceu dali a dias e que este não pôde pagar, veio trazer ao espírito de Quintanilha uma diversão. Quase brigaram; a ideia de Gonçalves era **reformar a letra**; Quintanilha, que era o **endossante**, entendia não valer a pena pedir o favor por tão escassa quantia (um conto e quinhentos), ele emprestaria o valor da letra, e o outro que lhe pagasse, quando pudesse. Gonçalves não consentiu e fez-se a reforma. Quando, ao fim dela, a situação se repetiu, o mais que este admitiu foi aceitar uma letra de Quintanilha, com o mesmo juro.

— Você não vê que me envergonha, Gonçalves? Pois eu hei de receber juro de você...?

— Ou recebe, ou não fazemos nada.

— Mas, meu querido...

Teve que concordar. A união dos dois era tal que uma senhora chamava-lhes os "**casadinhos de fresco**", e um **letrado, Pílades e Orestes**. Eles riam, naturalmente, mas o riso de Quintanilha trazia alguma coisa parecida com lágrimas: era, nos olhos, uma ternura úmida. Outra diferença é que o sentimento de Quintanilha tinha uma nota de entusiasmo, que abso-

---

Meter a espiga: enganar, ludibriar.

Vexado: envergonhado, humilhado.

Pagas: retribuições, aquilo que se faz em agradecimento.

Letra: documento que reconhece uma dívida a pagar.

Reformar a letra: pedir para pagar mais tarde.

Endossante: aquele que assina um documento financeiro de outra pessoa, garantindo o pagamento caso o responsável não o faça.

Casadinhos de fresco: recém-casados.

Letrado: conhecedor de literatura.

Pílades e Orestes: personagens de uma tragédia grega escrita por Sófocles (497-406 a.C.). Pílades representa o amigo fiel, totalmente dedicado a ajudar Orestes.

lutamente faltava ao de Gonçalves; mas, entusiasmo não se inventa. É claro que o segundo era mais capaz de inspirá-lo ao primeiro do que este a ele. Em verdade, Quintanilha era mui sensível a qualquer distinção; uma palavra, um olhar bastava a acender-lhe o cérebro. Uma pancadinha no ombro ou no ventre, com o fim de aprová-lo ou só acentuar a intimidade, era para derretê-lo de prazer. Contava o gesto e as circunstâncias durante dois e três dias*.

Não era raro vê-lo irritar-se, teimar, descompor os outros. Também era comum vê-lo rir-se; alguma vez o riso era universal, entornava-se-lhe da boca, dos olhos, da testa, dos braços, das pernas, todo ele era um riso único. Sem ter paixões, estava longe de ser **apático**.

A letra sacada contra Gonçalves tinha o prazo de seis meses. No dia do vencimento, não só não pensou em cobrá-la, mas resolveu ir jantar a algum **arrabalde** para não ver o amigo, se fosse convidado à reforma. Gonçalves destruiu todo esse plano; logo cedo, foi levar-lhe o dinheiro. O primeiro gesto de Quintanilha foi recusá-lo, dizendo-lhe que o guardasse, podia precisar dele; o devedor teimou em pagar e pagou.

Quintanilha acompanhava os atos de Gonçalves; via a constância do seu trabalho, o zelo que ele punha na defesa das **demandas**, e vivia cheio de admiração. Realmente, não era grande advogado, mas, na medida das suas habilitações, era distinto.

— Você por que não se casa? — perguntou-lhe um dia. — Um advogado precisa casar.

Gonçalves respondia rindo. Tinha uma tia, única parenta, a quem ele queria muito, e que lhe morreu, quando eles iam em trinta anos. Dias depois, dizia ao amigo:

— Agora só me resta você.

Quintanilha sentiu os olhos molhados, e não achou que lhe respondesse. Quando se lembrou de dizer que "iria até à morte" era tarde. Redobrou então de carinhos, e um dia acordou com a ideia de fazer testamento.

---

* Observe que Quintanilha se entusiasma quando recebe uma demonstração de agradecimento do amigo. Pode-se dizer que o mesmo acontece com Gonçalves quando recebe favores de Quintanilha?

Apático: indiferente.

Arrabalde: lugar afastado do centro da cidade.

Demandas: ações judiciais, processos.

Sem revelar nada ao outro, nomeou-o **testamenteiro e herdeiro universal**.

— Guarde-me este papel, Gonçalves — disse-lhe entregando o testamento. — Sinto-me forte, mas a morte é fácil, e não quero confiar a qualquer pessoa as minhas últimas vontades.

Foi por esse tempo que sucedeu um caso que vou contar.

Quintanilha tinha uma **prima segunda**, Camila, moça de vinte e dois anos, modesta, educada e bonita. Não era rica; o pai, João Bastos, era **guarda-livros** de uma casa de café. Haviam brigado por ocasião da herança; mas, Quintanilha foi ao enterro da mulher de João Bastos, e este ato de piedade novamente os ligou. João Bastos esqueceu facilmente alguns **nomes crus** que dissera do primo, chamou-lhe outros nomes doces, e pediu-lhe que fosse jantar com ele. Quintanilha foi e tornou a ir. Ouviu ao primo o elogio da finada mulher; numa ocasião em que Camila os deixou sós, João Bastos louvou as raras **prendas** da filha, que afirmava haver recebido integralmente a herança moral da mãe.

— Não direi isto nunca à pequena, nem você lhe diga nada. É modesta, e, se começarmos a elogiá-la, pode perder-se. Assim, por exemplo, nunca lhe direi que é tão bonita como foi a mãe, quando tinha a idade dela; pode ficar vaidosa. Mas a verdade é que é mais, não lhe parece? Tem ainda o talento de tocar piano, que a mãe não possuía.

Quando Camila voltou à sala de jantar, Quintanilha sentiu vontade de lhe descobrir tudo, conteve-se e piscou o olho ao primo. Quis ouvi-la ao piano; ela respondeu, cheia de melancolia:

— Ainda não, há apenas um mês que mamãe faleceu, deixe passar mais tempo. Demais, eu toco mal.

— Mal?

— Muito mal.

Quintanilha tornou a piscar o olho ao primo, e ponderou à moça que a prova de tocar bem ou mal só se

---

Testamenteiro e herdeiro universal: encarregado de fazer cumprir os desejos expressos no testamento e, ao mesmo tempo, único herdeiro dos bens declarados.

Prima segunda: prima em segundo grau.

Guarda-livros: antiga denominação do contador, pessoa que faz a contabilidade de uma empresa.

Nomes crus: palavras ofensivas.

Prendas: boas qualidades.

dava ao piano. Quanto ao prazo, era certo que apenas passara um mês; todavia era também certo que a música era uma distração natural e elevada. Além disso, bastava tocar um pedaço triste. João Bastos aprovou este modo de ver e lembrou uma composição **elegíaca**. Camila abanou a cabeça.

— Não, não, sempre é tocar piano; os vizinhos são capazes de inventar que eu toquei uma **polca**.

Quintanilha achou graça e riu. Depois concordou e esperou que os três meses fossem passados. Até lá, viu a prima algumas vezes, sendo as três últimas visitas mais próximas e longas. Enfim, pôde ouvi-la tocar piano, e gostou. O pai confessou que, ao princípio, não gostava muito daquelas músicas alemãs; com o tempo e o costume **achou-lhes sabor**. Chamava à filha "a minha alemãzinha", apelido que foi adotado por Quintanilha apenas modificado para o plural: "a nossa alemãzinha". Pronomes possessivos dão intimidade; dentro em pouco, ela existia entre os três, — ou quatro, se contarmos Gonçalves, que ali foi apresentado pelo amigo; — mas fiquemos nos três.

Que ele é coisa já farejada por ti, leitor sagaz*. Quintanilha acabou gostando da moça. Como não, se Camila tinha uns longos olhos mortais? Não é que os pousasse muita vez nele, e, se o fazia, era com tal ou qual constrangimento, a princípio, como as crianças que obedecem sem vontade às ordens do mestre ou do pai; mas pousava-os, e eles eram tais que, ainda sem intenção, feriam de morte. Também sorria com frequência e falava com graça. Ao piano, e por mais aborrecida que tocasse, tocava bem. Em suma, Camila não faria obra de impulso próprio, sem ser por isso menos **feiticeira**. Quintanilha descobriu um dia de manhã que sonhara com ela a noite toda, e à noite que pensara nela todo o dia, e concluiu da descoberta que a amava e era amado. Tão tonto ficou que esteve prestes a imprimi-lo nas folhas públicas. Quando menos, quis dizê-lo ao amigo Gonçalves e correu ao escritório deste. A afeição de Quintanilha complicava-se de respeito e temor.

Elegíaca: **triste, melancólica.**

Polca: **composição musical alegre e animada.**

Achou-lhes sabor: **passou a gostar delas.**

* **Mais uma vez o narrador se dirige ao leitor. O que ele insinua que o leitor já deve estar pensando sobre essa aproximação de Gonçalves?**

Feiticeira: **sedutora.**

Quase a abrir a boca, engoliu outra vez o segredo. Não ousou dizê-lo nesse dia nem no outro. Antes dissesse; talvez fosse tempo de **vencer a campanha.** Adiou a revelação por uma semana. Um dia foi jantar com o amigo, e, depois de muitas hesitações, disse-lhe tudo; amava a prima e era amado.

— Você aprova, Gonçalves?

Gonçalves empalideceu, — ou, pelo menos, ficou sério; nele a seriedade confundia-se com a palidez. Mas, não; verdadeiramente ficou pálido.

— Aprova? — repetiu Quintanilha.

Após alguns segundos, Gonçalves ia abrir a boca para responder, mas fechou-a de novo, e **fitou os olhos "em ontem"**, como ele mesmo dizia de si, quando os estendia ao longe. Em vão Quintanilha teimou em saber o que era, o que pensava, se aquele amor era asneira. Estava tão acostumado a ouvir-lhe este vocábulo que já lhe não doía nem **afrontava**, ainda em matéria tão **melindrosa** e pessoal. Gonçalves tornou a si daquela meditação, sacudiu os ombros, com ar desenganado, e murmurou esta palavra tão surdamente que o outro mal a pôde ouvir:

— Não me pergunte nada; faça o que quiser.

— Gonçalves, que é isso? — perguntou Quintanilha, pegando-lhe nas mãos, assustado.

Gonçalves soltou um grande suspiro, que, se tinha asas, ainda agora estará voando. Tal foi, sem esta forma paradoxal, a impressão de Quintanilha. O relógio da sala de jantar bateu oito horas, Gonçalves alegou que ia visitar um desembargador, e o outro despediu-se.

Na rua, Quintanilha parou atordoado. Não acabava de entender aqueles gestos, aquele suspiro, aquela palidez, todo o efeito misterioso da notícia dos seus amores. Entrara e falara, disposto a ouvir do outro um ou mais daqueles epítetos costumados e amigos, idiota, crédulo, paspalhão, e não ouviu nenhum. Ao contrário, havia nos gestos de Gonçalves alguma coisa que pegava com o respeito. Não se lembrava de nada, ao jantar, que pudesse tê-lo ofendido; foi só depois de lhe confiar

> **Vencer a campanha: completar a conquista.**
>
> **fitou os olhos "em ontem": ficou olhando para o vazio, como se estivesse meditando profundamente.**
>
> **Afrontava: ofendia. Observe que, com o tempo, Quintanilha já nem se ofendia em ouvir palavras duras do amigo, como dizer que ele falava asneiras...**
>
> **Melindrosa: delicada.**

o sentimento novo que trazia a respeito da prima que o amigo ficou acabrunhado.

"Mas, não pode ser, pensava ele; o que é que Camila tem que não possa ser boa esposa?"

Nisto gastou, parado, defronte da casa, mais de meia hora. Advertiu então que Gonçalves não saíra. Esperou mais meia hora, nada. Quis entrar outra vez, abraçá-lo, interrogá-lo... Não teve forças; **enfiou** pela rua fora, desesperado. Chegou à casa de João Bastos, e não viu Camila; tinha-se recolhido, constipada. Queria justamente contar-lhe tudo, e aqui é preciso explicar que ele ainda não se havia declarado à prima. Os olhares da moça não fugiam dos seus; era tudo, e podia não passar de **faceirice**. Mas o lance não podia ser melhor para clarear a situação. Contando o que se passara com o amigo, tinha o **ensejo** de lhe fazer saber que a amava e ia pedi-la ao pai. Era uma consolação no meio daquela agonia; o acaso **negou-lha**, e Quintanilha saiu da casa, pior do que entrara. Recolheu-se à sua.

Não dormiu antes das duas horas da manhã, e não foi para repouso, senão para agitação maior e nova. Sonhou que ia a atravessar uma ponte velha e longa, entre duas montanhas, e a meio caminho viu **surdir** debaixo um vulto e fincar os pés defronte dele. Era Gonçalves. "Infame, disse este com os olhos acesos, por que me vens tirar a noiva de meu coração, a mulher que eu amo e é minha? Toma, toma logo o meu coração, é mais completo." E com um gesto rápido abriu o peito, arrancou o coração e meteu-lho na boca. Quintanilha tentou pegar da víscera amiga e repô-la no peito de Gonçalves; foi impossível. Os queixos acabaram por fechá-la. Quis cuspi-la, e foi pior; os dentes cravaram-se no coração. Quis falar, mas vá alguém falar com a boca cheia daquela maneira. Afinal o amigo ergueu os braços e estendeu-lhe as mãos com o gesto de maldição que ele vira nos **melodramas,** em dias de rapaz; logo depois, brotaram-lhe dos olhos duas imensas lágrimas, que encheram o vale de água, atirou-se abaixo e desapareceu. Quintanilha acordou sufocado.

Enfiou: entrou.

Faceirice: simpatia.

Ensejo: oportunidade.

Negou-lha: construção que equivale a "negou-lhe isso". A junção dos pronomes lhe + a é tipicamente lusitana e pode ser feita com outros pronomes, como lho (lhe + o), lhos (lhe + os), mo (me + o), mos (me + os) etc. É uma construção comum nos textos de Machado de Assis.

Surdir: surgir de repente.

Melodramas: peças teatrais dramáticas e sentimentais.

A ilusão do pesadelo era tal que ele ainda levou as mãos à boca, para arrancar de lá o coração do amigo. Achou a língua somente, esfregou os olhos e sentou-se. Onde estava? Que era? E a ponte? E o Gonçalves? Voltou a si de todo, compreendeu e novamente se deitou, para outra insônia, menor que a primeira, é certo; veio a dormir às quatro horas.

De dia, rememorando toda a véspera, realidade e sonho, chegou à conclusão de que o amigo Gonçalves era seu rival, amava a prima dele, era talvez amado por ela... Sim, sim, podia ser. Quintanilha passou duas horas cruéis. Afinal pegou em si e foi ao escritório de Gonçalves, para saber tudo de uma vez; e, se fosse verdade, sim, se fosse verdade...

Gonçalves redigia umas **razões de embargo**. Interrompeu-as para fitá-lo um instante, erguer-se, abrir o armário de ferro, onde guardava os papéis **graves**, tirar de lá o testamento de Quintanilha, e entregá-lo ao testador.

— Que é isto?

— Você vai **mudar de estado** — respondeu Gonçalves, sentando-se à mesa.

Quintanilha sentiu-lhe lágrimas na voz; assim lhe pareceu, ao menos. Pediu-lhe que guardasse o testamento; era o seu depositário natural. **Instou** muito; só lhe respondia o som áspero da pena correndo no papel. Não corria bem a pena, a letra era tremida, as emendas mais numerosas que de costume, provavelmente as datas erradas. A consulta dos livros era feita com tal melancolia que entristecia o outro. Às vezes, parava tudo, pena e consulta, para só ficar o olhar fito "em ontem".

— Entendo — disse Quintanilha subitamente — ela será tua.

— Ela quem? — quis perguntar Gonçalves, mas já o amigo voava escada abaixo, como uma flecha, e ele continuou as suas razões de embargo.

Não se adivinha todo o resto; basta saber o final. Nem se adivinha nem se crê; mas a alma humana é capaz de esforços grandes, no bem como no mal. Quintanilha fez

> **Razões de embargo: argumentos que fazem parte de um processo judicial.**
>
> **Graves: importantes.**
>
> **Mudar de estado: se casasse com Camila, Quintanilha deixaria de ser solteiro e passaria a ter o estado de casado. Por isso, o testamento que ele tinha feito teria que ser alterado.**
>
> **Instou: insistiu.**

outro testamento, legando tudo à prima, com a condição de desposar o amigo. Camila não aceitou o testamento, mas ficou tão contente, quando o primo lhe falou das lágrimas de Gonçalves, que aceitou Gonçalves e as lágrimas. Então Quintanilha não achou melhor remédio que fazer terceiro testamento legando tudo ao amigo.

O final da história foi dito em latim. Quintanilha serviu de testemunha ao noivo, e de padrinho aos dois primeiros filhos. Um dia em que, levando doces para os afilhados, atravessava a Praça Quinze de Novembro, recebeu uma **bala revoltosa (1893)** que o matou quase instantaneamente. Está enterrado no cemitério de S. João Batista; a sepultura é simples, a pedra tem um epitáfio que termina com esta **pia** frase: "Orai por ele!" É também o fecho da minha história. Orestes vive ainda, sem os remorsos do modelo grego. Pílades é agora o personagem mudo de Sófocles. Orai por ele!

O final da história foi dito em latim: referência à cerimônia de casamento na igreja, em que, naquela época, usavam-se muitas palavras em latim.

Bala revoltosa (1893): alusão aos conflitos ocorridos nesse ano no Rio de Janeiro, durante a Revolta da Armada. Uma bala perdida atinge Quintanilha.

Pia: piedosa.

ANEDOTA
DO *CABRIOLET*

— *Cabriolet* está aí, sim, senhor — dizia o preto que viera à matriz de São José chamar o vigário para **sacramentar dois moribundos.**

A geração de hoje não viu a entrada e a saída do *cabriolet* no Rio de Janeiro. Também não saberá do tempo em que o **cab** e o **tilbury** vieram para o rol dos nossos veículos de praça ou particulares. O *cab* durou pouco. O *tilbury*, anterior aos dois, promete ir à destruição da cidade. Quando esta acabar e entrarem os cavadores de ruínas, achar-se-á um parado, com o cavalo e o cocheiro em ossos, esperando o freguês do costume. A paciência será a mesma de hoje, por mais que chova, a melancolia maior, como quer que brilhe o sol, porque juntará a própria atual à do espectro dos tempos. O arqueólogo dirá coisas raras sobre os três esqueletos. O *cabriolet* não teve história; deixou apenas a anedota que vou dizer.

— Dois! — exclamou o sacristão.

— Sim, senhor, dois; nhã Anunciada e nhô Pedrinho. Coitado de nhô Pedrinho! E nhã Anunciada, coitada! — continuou o preto a gemer, andando de um lado para outro, aflito, fora de si.

Alguém que leia isto com a alma **turva** de dúvidas, é natural que pergunte se o preto sentia deveras, ou se queria **picar** a curiosidade do **coadjutor** e do sacristão. Eu estou que tudo se pode combinar neste mundo, como no outro. Creio que ele sentia deveras; não descreio que ansiasse por dizer alguma história terrível. Em todo caso, nem o coadjutor nem o sacristão lhe perguntavam nada.

Não é que o sacristão não fosse curioso. Em verdade, pouco mais era que isso. Trazia a paróquia de cor; sabia os nomes às devotas, a vida delas, a dos maridos e a dos pais, as prendas e os recursos de cada uma, e o

---

Anedota: neste conto, significa um breve relato de um fato curioso.

Cabriolet (em francês): cabriolé; carruagem leve, de duas rodas, com capota móvel, puxada por um cavalo.

Sacramentar dois moribundos: ministrar os sacramentos da extrema-unção.

Cab: abreviatura de *cabriolet*.

Tilbury (em inglês): tílburi; carruagem pequena de dois assentos puxada por um cavalo.

Turva: sombria.

Picar: estimular, aguçar.

Coadjutor: padre, sacerdote.

que comiam, e o que bebiam, e o que diziam, os vestidos e as virtudes, os dotes das solteiras, o comportamento das casadas, as saudades das viúvas. Pesquisava tudo; nos intervalos ajudava a missa e o resto. Chamava-se João das Mercês, homem quarentão, pouca barba e grisalho, magro e **meão**.

"Que Pedrinho e que Anunciada serão esses?", dizia consigo, acompanhando o coadjutor.

Embora **ardesse** por sabê-los, a presença do coadjutor impediria qualquer pergunta. Este ia tão calado e **pio**, caminhando para a porta da igreja, que era força mostrar o mesmo silêncio e piedade que ele. Assim foram andando. O *cabriolet* esperava-os; o cocheiro **desbarretou-se**, os vizinhos e alguns passantes ajoelharam-se, enquanto o padre e o sacristão entravam e o veículo enfiava pela Rua da Misericórdia*. O preto **desandou o caminho** a passo largo.

Que andem burros e pessoas na rua, e as nuvens no céu, se as há, e os pensamentos nas cabeças, se os têm. A do sacristão tinha-os vários e confusos. Não era acerca do ***nosso-pai***, embora soubesse adorá-lo, nem da água benta e do **hissope** que levava; também não era acerca da hora — oito e quarto da noite — aliás, o céu estava claro e a lua ia aparecendo. O próprio *cabriolet*, que era novo na terra, e substituía neste caso a **sege**, esse mesmo veículo não ocupava o cérebro todo de João das Mercês, a não ser na parte que pegava com nhô Pedrinho e nhã Anunciada.

"Há de ser gente nova", ia pensando o sacristão, "mas hóspede em alguma casa, decerto, porque não há casa vazia na praia, e o número é da do comendador Brito. Parentes, serão? Que parentes, se nunca ouvi...? Amigos, não sei; conhecidos, talvez, simples conhecidos. Mas então mandariam *cabriolet*? Este mesmo preto é novo na casa; há de ser escravo de um dos moribundos, ou de ambos".

Era assim que João das Mercês ia **cogitando**, e não foi por muito tempo. O *cabriolet* parou à porta de um sobrado, justamente a casa do comendador Brito, José

Meão: altura média.

Ardesse: tivesse muita curiosidade.

Pio: piedoso.

Desbarretou-se: tirou o chapéu.

* Observe que a atitude respeitosa das pessoas diante do padre revela o prestígio que a igreja católica tinha na sociedade da época.

Desandou o caminho: voltou.

Nosso-pai: hóstia ministrada aos moribundos.

Hissope: utensílio para borrifar água benta.

Sege: coche com duas rodas e um só assento, fechado com cortinas na parte dianteira e puxado por um cavalo.

Cogitando: pensando.

Martins de Brito. Já havia algumas pessoas embaixo com velas, o padre e o sacristão apearam-se e subiram a escada, acompanhados do comendador. A esposa deste, no patamar, beijou o anel do padre. Gente grande, crianças, escravos, um burburinho surdo, meia claridade, e os dois moribundos à espera, cada um no seu quarto, ao fundo.

Tudo se passou como é de uso e regra em tais ocasiões. Nhô Pedrinho foi absolvido e ungido, nhã Anunciada também, e o coadjutor despediu-se da casa para tornar à matriz com o sacristão. Este não se despediu do comendador sem lhe perguntar ao ouvido se os dois eram parentes seus. "Não, não eram parentes", respondeu Brito. "Eram amigos de um sobrinho que vivia em Campinas; uma história terrível...". Os olhos de João das Mercês escutaram arregaladamente estas duas palavras, e disseram, sem falar, que viriam ouvir o resto — talvez naquela mesma noite. Tudo foi rápido, porque o padre descia a escada, era força ir com ele.

Foi tão curta a moda do *cabriolet* que este provavelmente não levou outro padre a moribundos. Ficou-lhe a anedota, que vou acabar já, tão escassa foi ela, uma anedota de nada. Não importa. Qualquer que fosse o tamanho ou a importância, era sempre uma fatia de vida para o sacristão, que ajudou o padre a guardar o pão sagrado, a despir a **sobrepeliz**, e a fazer tudo mais, antes de se despedir e sair. Saiu, enfim, a pé, rua acima, praia fora, até parar à porta do comendador.

Em caminho foi evocando toda a vida daquele homem, antes e depois da **comenda**. Compôs o negócio, que era fornecimento de navios, creio eu, a família, as festas dadas, os cargos paroquiais, comerciais e eleitorais, e daqui aos boatos e anedotas não houve mais que um passo ou dois. A grande memória de João das Mercês guardava todas as coisas, máximas e mínimas, com tal nitidez que pareciam da véspera, e tão completas que nem o próprio objeto delas era capaz de as repetir iguais. Sabia-as como o padre-nosso, isto é, sem pensar nas palavras; ele rezava tal qual comia, mastigando a

Sobrepeliz: veste branca usada pelos padres em certas ocasiões.

Comenda: condecoração.

oração, que lhe saía dos queixos sem sentir. Se a regra mandasse rezar três dúzias de padre-nossos seguidamente, João das Mercês os diria sem contar. Tal era com as vidas alheias; amava sabê-las, pesquisava-as, decorava-as, e nunca mais lhe saíam da memória.

Na paróquia todos lhe queriam bem, porque ele **não enredava** nem maldizia. Tinha o amor da arte pela arte. Muita vez nem era preciso perguntar nada. José dizia-lhe a vida de Antônio e Antônio a de José. O que ele fazia era **ratificar** ou **retificar** um com outro, e os dois com Sancho, Sancho com Martinho, e vice-versa, todos com todos. Assim é que enchia as horas vagas, que eram muitas. Alguma vez, à própria missa, recordava uma anedota da véspera, e, a princípio, pedia perdão a Deus; deixou de **lho pedir** quando refletiu que não falhava uma só palavra ou gesto do santo sacrifício, **tão consubstanciados os trazia em si**. A anedota que então revivia por instantes, era como a andorinha que atravessa uma paisagem. A paisagem fica sendo a mesma, e a água, se há água, murmura o mesmo som. Esta comparação, que era dele, valia mais do que ele pensava, porque a andorinha, ainda voando, faz parte da paisagem, e a anedota fazia nele parte da pessoa; era um dos seus atos de viver.

Quando chegou à casa do comendador, tinha desfiado o rosário da vida deste, e entrou com o pé direito para não sair mal. Não pensou em sair cedo, por mais aflita que fosse a ocasião, e nisto a fortuna o ajudou. Brito estava na sala da frente, em conversa com a mulher, quando lhe vieram dizer que João das Mercês perguntava pelo estado dos moribundos. A esposa retirou-se da sala, o sacristão entrou pedindo desculpas e dizendo que era por pouco tempo; ia passando e lembrara-se de saber se os enfermos tinham ido para o céu — ou se ainda eram deste mundo. Tudo o que dissesse respeito ao comendador seria ouvido por ele com interesse.

— Não morreram, nem sei se escaparão; quando menos, ela creio que morrerá — concluiu Brito.

Não enredava: não fazia intrigas.

Ratificar: confirmar.

Retificar: corrigir.

Lho pedir: construção tipicamente lusitana, equivale a "pedir-lhe isso" (no caso, pedir-lhe perdão). A forma lho é a junção dos pronomes lhe + o. Pode ocorrer também com outros pronomes, como mo (me + o), lhos (lhe + os) etc.

Tão consubstanciados os trazia em si: isto é, os gestos e as palavras da missa já estavam tão entranhados nele que ele fazia tudo de forma muito natural, sem pensar.

— Parecem bem mal.

— Ela, principalmente; também é a que mais padece da febre. A febre os pegou aqui em nossa casa, logo que chegaram de Campinas, há dias.

— Já estavam aqui? — perguntou o sacristão, pasmado de o não saber.

— Já; chegaram há quinze dias — ou quatorze. Vieram com o meu sobrinho Carlos e aqui apanharam a doença...

Brito interrompeu o que ia dizendo; assim pareceu ao sacristão, que pôs no semblante toda a expressão de pessoa que espera o resto. Entretanto, como o outro estivesse a morder os beiços e a olhar para as paredes, não viu o gesto de espera, e ambos se detiveram calados. Brito acabou andando ao longo da sala, enquanto João das Mercês dizia consigo que havia alguma coisa mais que febre. A primeira ideia que lhe acudiu foi se os médicos teriam errado na doença ou no remédio; também pensou que podia ser outro mal escondido, a que deram o nome de febre para encobrir a verdade. Ia acompanhando com os olhos o comendador, enquanto este andava e desandava a sala toda, apagando os passos para não aborrecer mais os que estavam dentro. De lá vinha algum murmúrio de conversação, chamado, recado, porta que se abria ou fechava. Tudo isso era coisa nenhuma para quem tivesse outro cuidado; mas o nosso sacristão já agora não tinha mais que saber o que não sabia. Quando menos, a família dos enfermos, a posição, o atual estado, alguma página da vida deles, tudo era conhecer algo, por mais **arredado** que fosse da paróquia.

— Ah! — exclamou Brito estacando o passo.

Parecia haver nele o desejo impaciente de referir um caso — a "história terrível", que anunciara ao sacristão, pouco antes; mas nem este ousava pedi-la nem aquele dizê-la, e o comendador pegou a andar outra vez.

João das Mercês sentou-se. Viu bem que em tal situação cumpria despedir-se com boas palavras de esperança ou de conforto, e voltar no dia seguinte; preferiu sentar-se e aguardar. Não viu na cara do outro

Arredado: distante.

nenhum sinal de reprovação do seu gesto; ao contrário, ele parou defronte e suspirou com grande cansaço.

— Triste, sim, triste — concordou João das Mercês. — Boas pessoas, não?

— Iam casar.

— Casar? Noivos um do outro?

Brito confirmou de cabeça. A nota era melancólica, mas não havia sinal da história terrível anunciada, e o sacristão esperou por ela. Observou consigo que era a primeira vez que ouvia alguma coisa de gente que absolutamente não conhecia. As caras, vistas há pouco, eram o único sinal dessas pessoas. Nem por isso se sentia menos curioso. Iam casar... Podia ser que a história terrível fosse isso mesmo. Em verdade, atacados de um mal na véspera de um bem, o mal devia ser terrível. Noivos e moribundos...

Vieram trazer recado ao dono da casa; este pediu licença ao sacristão, tão depressa que nem deu tempo a que ele se despedisse e saísse. Correu para dentro, e lá ficou cinquenta minutos. Ao cabo, chegou à sala um pranto sufocado; logo após, tornou o comendador.

— Que lhe dizia eu, há pouco? Quando menos, ela ia morrer; morreu.

Brito disse isto sem lágrimas e quase sem tristeza. Conhecia a defunta de pouco tempo. As lágrimas, segundo referiu, eram do sobrinho de Campinas e de uma parenta da defunta, que morava em **Mata-porcos**. Daí a supor que o sobrinho do comendador gostasse da noiva do moribundo foi um instante para o sacristão, mas não se lhe pegou a ideia por muito tempo; não era forçoso, e depois se ele próprio os acompanhara... Talvez fosse padrinho de casamento. Quis saber, e era natural — o nome da defunta. O dono da casa — ou por não querer dar-lho, ou porque outra ideia lhe tomasse agora a cabeça — não declarou o nome da noiva, nem do noivo. Ambas as causas seriam.

— Iam casar...

— Deus a receberá em sua santa guarda, e a ele também, se vier a expirar —, disse o sacristão cheio de melancolia.

Mata-porcos: atual bairro do Estácio, na cidade do Rio de Janeiro.

E esta palavra bastou a arrancar metade do segredo que parece ansiava por sair da boca do fornecedor de navios. Quando João das Mercês lhe viu a expressão dos olhos, o gesto com que o levou à janela, e o pedido que lhe fez de jurar — jurou por todas as almas dos seus que ouviria e calaria tudo. Nem era homem de **assoalhar** as confidências alheias, **mormente** as de pessoas **gradas** e honradas, como era o comendador. Ao que este se deu por satisfeito e animado, e então lhe confiou a primeira metade do segredo, a qual era que os dois noivos, criados juntos, vinham casar aqui quando souberam, pela parenta de Mata-Porcos, uma notícia abominável...

— E foi...? — precipitou-se em dizer João das Mercês, sentindo alguma hesitação no comendador.

— Que eram irmãos.

— Irmãos como? Irmãos de verdade?

— De verdade; irmãos por parte de mãe. O pai é que não era o mesmo. A parenta não lhes disse tudo nem claro, mas jurou que era assim, e eles ficaram fulminados durante um dia ou mais...

João das Mercês não ficou menos espantado que eles; dispôs-se a não sair dali sem saber o resto. **Ouviu de horas**, ouviria todas as demais da noite, velaria o cadáver de um ou de ambos, uma vez que pudesse juntar mais esta página às outras da paróquia, embora não fosse da paróquia.

— E vamos, vamos, foi então que a febre os tomou...?

Brito cerrou os dentes para não dizer mais nada. Como, porém, o viessem chamar de dentro, acudiu depressa, e meia hora depois estava de volta, com a nova do segundo passamento. O choro, agora mais fraco, posto que mais esperado, não havendo já de quem o esconder, trouxera a notícia ao sacristão.

— Lá se foi o outro, o irmão, o noivo... Que Deus lhes perdoe! Saiba agora tudo, meu amigo. Saiba que eles se queriam tanto que alguns dias depois de conhecido o impedimento natural e canônico do consórcio, pegaram de si e, **fiados** em serem apenas meios irmãos e

Asoalhar: espalhar, divulgar.

Mormente: principalmente.

Gradas: importantes.

Ouviu de horas: ouviu bater as horas.

Fiados: confiantes.

não irmãos inteiros, meteram-se em um *cabriolet* e fugiram de casa. Dado logo o alarma, alcançamos pegar o *cabriolet* em caminho da Cidade Nova, e eles ficaram tão **pungidos e vexados** da captura que adoeceram de febre e acabam de morrer.

Não se pode escrever o que sentiu o sacristão, ouvindo-lhe este caso. Guardou-o por algum tempo, com dificuldade. Soube os nomes das pessoas pelo obituário dos jornais, e combinou as circunstâncias ouvidas ao comendador com outras. Enfim, sem se ter por indiscreto, espalhou a história, só com esconder os nomes e contá-la a um amigo, que a passou a outro, este a outros, e todos a todos. Fez mais; meteu-se-lhe em cabeça que o *cabriolet* da fuga podia ser o mesmo dos últimos sacramentos; foi à cocheira, conversou familiarmente com um empregado, e descobriu que sim. Donde veio chamar-se a esta página a "anedota do *cabriolet*".

Pungidos e vexados: feridos moralmente e envergonhados.

RELÍQUIAS DE CASA VELHA

Comentários sobre a obra

O conto literário surgiu no Brasil no século XIX, com o desenvolvimento do Romantismo e do Realismo, e foi bastante praticado por nossos escritores.

Dotado de grande talento para a história curta, Machado de Assis é o principal contista do século XIX e um dos mais importantes de toda a literatura em língua portuguesa.

Em seus contos, faz pequenas obras-primas de fina análise psicológica e social, investigando as razões ocultas ou dissimuladas do comportamento humano. As peripécias do enredo, quase sempre, são apenas pano de fundo para o estudo do caráter das personagens.

Publicado em 1906, *Relíquias de Casa Velha* é o último livro de contos de Machado de Assis. Originalmente, também incluía duas peças de teatro — *Não consultes médico* e *Lição de botânica*, e quatro textos: o discurso lido na inauguração do busto de Gonçalves Dias, no Rio de Janeiro; um comentário crítico sobre o livro *Cenas da vida amazônica*, de José Veríssimo; um artigo elogioso sobre o intelectual Eduardo Prado e uma análise crítica da obra do dramaturgo Antônio José. Modernamente, porém, o livro *Relíquias de Casa Velha* costuma conter apenas os contos.

Conforme diz o próprio autor na "Advertência" que abre a coletânea, o livro é uma coletânea de alguns textos inéditos e publicados que estavam dispersos. Estão aqui reunidos alguns dos melhores contos de Machado de Assis, como "Evolução", "Anedota do *Cabriolet*", "Umas férias" e, particularmente, "Pai contra mãe", talvez o conto mais forte da nossa literatura sobre a crueldade da escravidão.

CONVERSANDO SOBRE A OBRA

Pai contra mãe

1. O conto propõe uma discussão entre a legalidade e a justiça. Candinho agiu dentro da lei, seu comportamento foi legal. Prova disso é que ninguém tentou impedi-lo de prender a escrava. Mas teria sido ético seu comportamento? Em que sentido esse conto pode ser visto como uma forte crítica moral da sociedade escravocrata brasileira?

2. Por que o conto tem o título "Pai contra a mãe"?

Maria Cora

1. Explique por que a personagem que dá título ao conto não corresponde ao modelo das heroínas românticas, tanto no aspecto físico como sentimental.

2. Correia é tomado por um desejo incontrolável por Maria Cora, levando-o a tomar atitudes que ele mesmo não pensava ser capaz de tomar. Cite alguns exemplos desse comportamento.

3. Para Correia, Maria Cora aparenta ser um enigma. Exteriormente, como se mostrava ela com relação ao marido que a traía? E no fim, ao saber de sua morte, o que se revela?

Marcha fúnebre

1. O narrador começa o conto dizendo que Cordovil não conseguia dormir uma certa noite de agosto. O que vem narrado em seguida explica os motivos dessa inquietação de Cordovil. Quais são eles?

2. Você observou que há pouquíssima ação nesse conto. Em vez de construir uma história com enredo movimentado, qual é o interesse do narrador? O que ele quer revelar ao leitor?

Um capitão de voluntários

1. Por que Emílio vivia com Maria numa casa meio escondida? Que relação tem esse fato com a situação social deles?

2. O que levou Simão a tentar conquistar Maria? De início, ele estava apaixonado por ela?

3. Simão e Emílio eram amigos. Essa amizade foi um empecilho moral para o assédio de Simão sobre Maria? Como você definiria o caráter de Simão?

4. Pode-se dizer que Maria sempre esteve no controle de sua relação amorosa com Simão? Por quê?

5. Qual era inicialmente o pensamento de Emílio sobre a guerra do Paraguai? Ele já pensava em alistar-se voluntariamente? Qual teria sido o motivo de seu repentino alistamento?

6. Uma das características da literatura machadiana é a ambiguidade. Nem sempre sabemos os motivos verdadeiros das ações das personagens. Essa característica está presente nesse conto? Explique.

Suje-se gordo!

1. O conto é uma espécie de reflexão filosófica a respeito da honestidade. Que sentido tem a expressão "Suje-se gordo" nesse contexto?

2. Que diferença existe entre os dois ladrões que foram julgados?

3. Trazendo a reflexão para os nossos dias, pode-se dizer que o ato de "roubar muito" leva, de fato, à absolvição mais facilmente do que "roubar pouco"? Por quê?

Umas férias

1. O tipo de narrador usado nesse conto é importante para o desenvolvimento do enredo e a análise psicológica da personagem? Justifique sua resposta.

2. É válido afirmar que o tema central do conto é a análise da sinceridade dos sentimentos? Por quê?

Evolução

1. "Eu comparo o Brasil a uma criança que está engatinhando; só começará a andar quando tiver muitas estradas de ferro." Podemos dizer que esse comentário do narrador serve de base para se compreender a personalidade de Benedito? Justifique sua resposta.

2. O narrador encerra o conto com o comentário: "Spencer ou Benedito, um deles." Essa observação é irônica? Por quê?

Pílades e Orestes

1. Quais características marcam profundamente a relação de amizade entre Quintanilha e Gonçalves?

2. A intensidade da amizade e consideração é recíproca no relacionamento entre Quintanilha e Gonçalves?

3. Pode-se dizer que Gonçalves se aproveita da personalidade do amigo para explorá-lo? Justifique sua resposta.

4. A primeira frase do conto é: "Quintanilha engendrou Gonçalves." Pode-se dizer que o próprio Quintanilha, com seu comportamento, acabou formando a personalidade do amigo? Por quê?

5. "... mas a alma humana é capaz de esforços grandes, no bem como no mal." Esse comentário do narrador pode ser aplicado aos dois amigos?

6. O conto pode ser um exemplo do realismo psicológico da literatura machadiana?

Anedota do *Cabriolet*

1. O conto pode ser visto como um estudo psicológico de um certo tipo de pessoa. Qual? Quais as características desse perfil?

2. Você acha que esse tipo de pessoa é comum em nossa sociedade?